Plumes du Coq

Weyrich

Les Étoiles de l’aube

Weyrich sprl – Place de la Foire 9 – B-6840 Neufchâteau
32(0)61 27 94 30 www.weyrich-edition.be

Mise en pages et composition : Weyrich Édition
Impression : Chauveheid à Stavelot

Dépôt légal n° D/2011/8631/14
ISBN 978-2-87489-117-5

BERNARD GHEUR

Les Étoiles de l'aube

ROMAN

Plumes du Coq

Collection littéraire dirigée par
Alain Bertrand et Christian Libens

Weyrich

Du même auteur

- *Fugue*, nouvelles, François Denoël, Bruxelles, 1967.
- *Le Testament d'un cancre*, roman, Albin Michel, Paris, 1970 (préface de François Truffaut). Rééd. Labor, coll. Espace Nord Zone J, Bruxelles, 2002.
- *Les Jeudis de Coronmeuse*, nouvelle, in *Il était douze fois Liège*, ouvrage collectif, Mardaga, Liège, 1980.
- *La Scène du baiser*, roman, Le Cri-Vander, Bruxelles, 1982.
- *Retour à Calgary*, roman, Éd. ACE, Paris, 1985 (préface de René Henoumont).
- *Le Lieutenant souriant*, roman, Éd. Renaudot et Cie, Paris, 1990. Rééd. Labor, coll. *Espace Nord Junior*, Bruxelles, 1998.
- *Tours d'enfance*, nouvelle, in *La grande boucle*, ouvrage collectif, Quorum, Ottignies, 1996.
- *La Bande originale*, roman, Quorum, Ottignies, 1996. Rééd. Labor, Coll. *Espace Nord Zone J*, Bruxelles, 2000.
- *Mes Années Jazz*, nouvelle, in *Au fil du temps*, ouvrage collectif, Castor Astral, Bordeaux, 1999.
- *Nous irons nous aimer dans les grands cinémas*, roman, Labor, Bruxelles, 2004.
- *Promenades liégeoises*, ouvrage collectif, Éd. du Céfal, Liège, 2005.
- *Suivez mon regard !* ouvrage collectif. Institut de Patrimoine wallon, 2011.

Dans la même collection

Frédéric Saenen, *La Danse de Pluton*, Éd. Weyrich, 2011.

Armel Job, *La Malédiction de l'abbé Choiron*, Éd. Weyrich, 2011.

1

Prologue

(septembre 2004)

« Qu'en dites-vous, monsieur ? N'est-ce pas beau ? »

Joseph a des cheveux blancs et hirsutes. Il habite cette région où les Belges ont l'accent allemand. Pendant quarante ans, il a été jardinier au cimetière militaire américain d'Henri-Chapelle.

Le vieil homme aime revenir dans ce lieu paisible. Il me parle des charmes, des ifs, des bouleaux et des saules pleureurs qui ont grandi ici.

Je ne pouvais avoir meilleur guide.

Moi, pour simplifier les choses, je lui ai dit que j'étais journaliste.

Nous sommes en haut des marches conduisant aux sépultures. Des milliers de croix de marbre blanc sont déployées sous nos yeux. Les rangées de stèles se succèdent sur une immense étendue de gazon, qui descend en pente douce.

Le ciel de septembre est splendide. Et, entre les notes d'un carillon, le chant des oiseaux peuple le silence.

Une main en visière, Joseph scrute la forêt de croix, face au soleil. Il dit :

« Nous y allons ?

— Pas encore. J'attends mon amie Jeanne. Je suppose qu'elle est restée à l'entrée du cimetière. »

Je me retourne. Mais pas de jeune fille rousse en vue.

« Combien de croix ?

— Environ huit mille. Chacune mentionne le nom d'un soldat, son régiment, l'État où il habitait et la date de sa mort. La plupart de ces hommes sont tombés lors de la bataille des Ardennes ou au cours de la campagne d'Allemagne. Trois frères sont enterrés côte à côte. Et, au milieu de tous ces jeunes gars, une seule femme. Elle était brancardière.

— Pourriez-vous me montrer tout à l'heure la tombe d'un soldat inconnu ?

— Bien sûr. Il y en a beaucoup.

— Et celle d'un aviateur…

— Je vous conduirai devant la croix du général de brigade Frederick Castle. Il a été abattu le 24 décembre 1944, au plus fort de l'offensive von Rundstedt. Depuis la veille, le temps était redevenu clair. Les avions pouvaient reprendre l'air. C'était la trentième mission de combat du général Castle. Ce jour-là, il emmenait vers l'Allemagne la plus grande formation aérienne ayant jamais opéré dans toute l'histoire de la guerre : dix mille bombardiers lourds, escortés de huit cents avions de chasse. Le B17 qu'il pilotait a été touché par des chasseurs ennemis et a pris feu. Pour donner à son équipage une chance d'évacuer, le général est resté aux commandes jusqu'au crash. Vous verrez sur sa tombe une étoile d'or et la mention *Medal of Honor.* »

Le village d'Henri-Chapelle a été libéré le 12 septembre 1944 par la Ire armée américaine. Un cimetière provisoire y a été créé le 28 septembre.

Joseph m'explique encore :

« Les cimetières étaient désignés avant les combats. L'officier chargé de repérer en Belgique un site proche de la frontière allemande avait été séduit par la vue que l'on a d'ici. Ce vaste horizon de collines. J'avais dit à cet officier : " L'Allemagne est derrière les collines. " L'Américain m'avait répondu : " Je sais. Nous y serons bientôt. Nous en chasserons les nazis. " »

Et les morts ont afflué vers le petit village.

« Ils étaient amenés dans des camions, souvent conduits par des soldats noirs. La bataille d'Aix-la-Chapelle a duré du 2 au 22 octobre. Certains jours, on a enseveli ici plus de deux cents hommes. Ils étaient placés à même la terre. On manquait de cercueils. Les camions repartaient à vide vers le front. Cela n'arrêtait pas. Les croix de bois se multipliaient. À la fin des hostilités, il y en avait dix-sept mille. Henri-Chapelle fut alors le plus grand cimetière américain de toute l'Europe. »

Joseph a assisté à ces événements. Après la guerre, il a participé aux exhumations.

« Nous avons déterré tous les morts, afin de leur donner un cercueil, me dit-il. Les Américains déchiraient les vêtements, désinfectaient les corps, les enveloppaient dans un linceul. Le soir, nous allions jeter les lambeaux d'uniformes dans un bunker, en contrebas du cimetière. Un grand feu y était allumé. Nous entendions de temps en temps une explosion. Sans doute avait-on laissé une grenade ou un pistolet au fond d'une poche. Des croix de marbre, superbement alignées, ont succédé aux croix de bois. Le cimetière américain d'Henri-Chapelle a pris son visage définitif. Parmi tous ces *boys*, neuf mille ont été rapatriés, par bateaux entiers, à la demande des familles. Les huit mille autres sont restés ici. J'ai travaillé près d'eux pendant des années. Je leur parlais… »

Le vieux jardinier s'interrompt. Des larmes lui viennent.

« Vous savez, monsieur, j'ai beaucoup d'affection pour les enfants de l'Amérique qui reposent chez nous. Et à présent, ce sont les anciens combattants qui s'en vont. On m'a dit qu'aux États-Unis, plus de mille vétérans de la Seconde Guerre mondiale meurent chaque jour… »

Où est Jeanne ?

Déjà de nombreux visiteurs se répandent sur la pelouse centrale et sur les sentiers gazonnés. Ce n'est pas un jour comme les autres : nous célébrons le soixantième anniversaire de la Libération. On attend l'arrivée d'un groupe de vétérans américains.

Pour moi, cette journée est un aboutissement. Je m'apprête à boucler l'enquête que m'a confiée, en février dernier, une jeune fille… Tiens, elle s'appelle justement Février… Jeanne Février.

Cette affaire a commencé il y a sept mois, par un jour de neige.

On pourrait dire qu'elle a commencé il y a bien plus longtemps : la nuit du 9 avril 1944, quand l'avion du capitaine Jim Brady s'est écrasé non loin d'ici.

Voici Jeanne…

Elle court vers nous.

« Où étais-tu passée ? »

La jeune fille a les joues en feu. Elle s'exclame : *« Les Américains sont arrivés ! »*

Jeanne a le regard radieux des enfants de septembre 1944, quand ils faisaient la même annonce.

Et moi, je songe à Ralph Curtis…

2

Ralph dans le jardin au gravier rouge

« Pendant la guerre... »

Bien des récits entendus dans notre enfance s'ouvraient sur ces mots, qui renvoyaient à une époque encore proche et déjà fabuleuse.

Ces mots résonnaient en nous comme « Il était une fois... »

Je suis né en février 1945. Et j'ai toujours eu l'impression de n'être pas venu au monde au bon moment. Trop tard ou un rien trop tôt... Comme si j'étais entré dans un cinéma alors que le grand film se terminait.

Mon frère Jean, né deux ans à peine avant moi, affirmait qu'il se rappelait très bien l'apparition des Américains dans les rues de Liège.

Il racontait :

« J'étais dans ma poussette. Je partais en promenade avec Mammy... »

Jusqu'ici, rien que de très banal. Mais des acclamations fusent. Un convoi militaire s'avance sur la place Coronmeuse. Et ce camion marqué de l'étoile blanche s'arrête à la hauteur de la vieille dame et du bambin. Un soldat noir saute sur le sol. Tout sourire, majestueux comme un Roi mage, il dépose un bonbon dans la petite main.

Mon frère précisait :

« C'était un camion au nez pointu… Tu vois ? Comme ceux du débarquement en Normandie.

— Et le bonbon ? Quel genre ?

— À la framboise, je crois. Mais une framboise différente. J'ai encore son goût dans la bouche. »

J'enviais mon frère d'avoir vécu cette minute merveilleuse.

Moi, je me souviens des surplus américains de l'après-guerre. C'est mieux que rien. Casques, ceinturons, lits de camp, gourdes, jumelles, masques à gaz, lunettes spéciales pour motocycliste (avec mica antireflet), blousons de toutes sortes, en cuir ou en tissu, écussons figurant des ailes, des étoiles ou encore une tête d'Indien… Ces bric-à-brac, ces cavernes de l'Oncle Sam fleurissaient lorsque j'étais enfant.

Les instituteurs racontaient ce qui s'était passé entre nos murs pendant les bombardements. Quand se déchaînaient les sirènes d'alerte, les élèves devaient descendre au fond des caves de l'école. Parfois, ils n'avaient que le temps de se planquer sous leurs bancs de bois.

Le maître de quatrième, grand résistant, avait été arrêté en juillet 1944 et conduit à la citadelle de Liège. L'arrivée des Américains l'avait sauvé du poteau d'exécution.

Mais de ses aventures personnelles, cet instituteur ne nous parlait jamais. Je me rappelle qu'il avait une main inerte, continuellement dissimulée sous un gant de cuir. Cette main sans vie était un stigmate des tortures infligées par la Gestapo. Elle parlait pour lui.

Pendant la guerre, tout pouvait arriver. Mon père avait côtoyé Tintin dans un camp de prisonniers, en Allemagne… Oui ! Le vrai Tintin, en chair et os. « Nous étions dans le même baraquement », me dit-il.

En somme, mon père avait participé à une aventure inédite du célèbre petit reporter : *Tintin au pays des nazis.*

Cette idée m'impressionnait.

Le Tintin de l'*Oflag VIII C* était un jeune officier de cavalerie nommé Paul Remi. Visage rond et avenant, traits réguliers, cheveux blond roux, nez en trompette, caractère intrépide… Son frère aîné, Hergé, s'était inspiré de lui pour créer le héros de papier. Il avait juste ajouté la houppe.

Officier de réserve, mon père participait à des réunions d'anciens de l'Armée secrète. En famille, il restait très discret sur le combat qu'il avait mené dans les forêts d'Ardenne, au cours de l'été 1944.

Un soir de vacances à la campagne, tapi dans l'herbe haute, entre mon frère et moi, il nous montra comment les maquisards se camouflaient. « Notre peau brille dans l'obscurité, nous dit-il. Pour les opérations de nuit, il fallait noircir son visage et ses mains... » Mon père n'en dit pas davantage. Il se barbouilla le visage, ainsi qu'un Indien. Il alla se poster plus loin dans le pré et devint, en effet, l'homme invisible.

J'aurais aimé qu'il me raconte son été de Robin des Bois.

Il l'avait fait une seule fois, peu de temps avant sa mort, à la faveur d'une balade sur les lieux mêmes de l'action. Son récit m'avait captivé. Hélas ! Je ne pourrais le reconstituer. Que ne l'ai-je noté, enregistré !

Aujourd'hui, je recommence à solliciter les lointains souvenirs de mes aînés. Je veux d'autres témoignages sur cette guerre dont je n'ai pas eu conscience et qui m'a quand même marqué.

Ma « guerre natale ».

Je m'appelle Ralph Demy.

Mes ancêtres venaient peut-être de My, ce village de la vallée de l'Ourthe. Demy ne me plaisait qu'à moitié. À l'école primaire, un type m'avait surnommé « demi-portion » ! Et puis, en 1961, je m'épris de *Lola*, le film de Jacques Demy. Ce qui me réconcilia avec mon patronyme.

Ralph, c'est Raoul en anglais. Ça se prononce *Reif* ou *Raelf.*

Ici, à Liège, Ralph claque comme une décharge de mitraillette. Au temps où je jouais à la guerre, où j'abattais des Japonais par dizaines, la comparaison m'allait bien. Mais le petit G.I. invincible est devenu le plus pacifique des hommes.

Ce prénom exotique, je le dois à Ralph Curtis, un jeune photographe de l'armée américaine qui fut accueilli dans ma famille en octobre 1944. Ma mère, qui m'attendait, lui avait demandé d'être mon parrain.

Quand je suis né, Ralph Curtis n'était plus de ce monde. Il avait été tué vers Noël, au cours de la bataille des Ardennes.

Personne ne l'a remplacé le jour de mon baptême. Je suis, en quelque sorte, le «filleul posthume» d'un héros américain.

«Ralph était un garçon si gentil, un grand enfant», disait maman.

Il devint mon modèle. J'attendais de pied ferme l'âge adulte. J'imaginais ce temps comme une épopée pure et simple, un film d'aventures... «Une grande enfance».

Je sais très peu de choses de mon parrain d'Amérique.

Il venait de Saint Louis, dans le Missouri. Il s'était présenté à mes parents comme un « cameraman », un « reporter-photographe ». Appartenait-il au *Signal Corps*, le service photographique de l'armée ? N'était-il pas plutôt un correspondant de guerre, un journaliste en uniforme de G.I. ? J'aime encore mieux cette version-là. Oui, Ralph Curtis, envoyé spécial de *Life Magazin*e ou de *Stars and Stripes*, avait trimballé son Rolleiflex et sa machine à écrire entre la Normandie et les Ardennes, en passant par Liège.

Ce soir, je regarde à nouveau les deux portraits que j'ai de lui.

La première photo, de grand format, montre un jeune homme plein de charme, aux cheveux foncés. Il est assis à bord d'un canoë, sur la Meuse sans doute. Il a relevé les manches de son uniforme. Sa main droite est agrippée à la rive. L'autre main porte une alliance. Ralph esquisse un sourire. Mais je décèle dans ses yeux clairs une pointe de mélancolie… Comme l'ombre d'un nuage que l'on voit passer, fugitive au gré du vent, sur des prairies ensoleillées.

Sur la seconde photo, en noir et blanc elle aussi, le jeune Américain pose au milieu de ma famille, dans le jardin de mes grands-parents maternels, place Saint-Barthélemy.

Des feuilles mortes jonchent le sol – recouvert, je m'en souviens, d'un gravier rouge.

Il y a là mon père et ma mère, mes grands-parents, mes deux oncles, adolescents, un de leurs copains, en pantalon de golf… Et cette fillette de quatre ans, qui serre contre elle son sac de petite dame, est ma sœur aînée. Mon frère ne figure pas sur la photo. Fait-il sa sieste ?

Soixante ans ont passé. Ma sœur est le dernier témoin de la scène, la seule qui pourrait m'en dire un peu plus sur la présence de Ralph Curtis dans le jardin au gravier rouge, par une belle journée d'automne. Mais elle n'en garde aucun souvenir.

Et pourtant, ma sœur se rappelle un événement encore plus lointain : le retour de papa, au printemps 1942, après deux ans de captivité en Allemagne.

Elle m'en a fait ce récit :

« J'habitais avec maman place Saint-Barthélemy. J'étais le seul enfant de la maison, le point de mire, la petite princesse… En fait, une gamine très mal élevée !

Maman écrivait sans cesse à papa, dans son *oflag*, pour le tenir au courant de mes progrès. Quand il avait été fait prisonnier, j'étais un bébé de deux mois.

Chaque fois qu'un visiteur se présentait à la maison, je le prenais par la main et le conduisais jusqu'à une photo affichée dans le salon. Je lui disais : " C'est mon petit papa. "

Un jour, on a sonné à la porte. Un homme est entré. C'était un monsieur que je ne connaissais pas. Je l'ai pris par la main et lui ai montré "mon petit papa". L'homme a souri. Il a dit : " Mais c'est moi, ton petit papa ! "

Je n'en croyais rien. Je ne faisais pas le lien entre cet homme et la photo. Et quand je l'ai vu installé à côté de maman, dans le divan, jalouse, je me suis assise entre eux deux. Je lui ai griffé le visage, à cet inconnu ! »

Revenons à notre Américain.

En octobre 1944, le cameraman fit un reportage dans la maison de la place Saint-Barthélemy. Il tira lui-même les agrandissements sur lesquels je me penche à présent.

Mon père, rayonnant, les cheveux ramenés en arrière, tient dans ses bras mon frère Jean, pas bien réveillé. Ma mère, belle brune de trente ans, dans sa robe fleurie, a pris ma sœur sur ses genoux. Elle porte des boucles d'oreilles en forme d'étoile. Elle est heureuse. Elle attend son troisième enfant. Et cela m'amuse de penser que je fais déjà partie de la famille, mystérieusement caché dans le ventre de ma mère.

Maman était une impulsive. Elle adorait faire des cadeaux. Sur un coup de tête, elle avait proposé à Ralph Curtis le rôle du futur *godfather*.

On ne savait que leur donner, à ces soldats vainqueurs. Ils avaient tout ce que nous n'avions pas : des pains d'une blancheur incroyable, faits de farine de riz, du beurre de cacao, des cartouches de cigarettes blondes, aromatisées… Tous ces parfums de Virginie qui flottaient soudain dans les rues de Liège… Et ce chocolat très noir, ces épaisses tablettes, dures à croquer… Un chocolat spécial, qui aidait les aviateurs à rester en éveil pendant les raids de nuit, disait-on.

Ce que maman offrait à Ralph venu du Missouri, c'était une famille de rechange, en attendant la fin de la guerre.

À la fin du mois d'octobre, alors que les lampions de la Libération n'étaient pas encore éteints, les V1 et les V2, lancés par les Allemands depuis les forêts de l'Eifel, commencèrent à massacrer Liège.

Et soudain, à la mi-décembre, le front se rapprocha. La pointe nord de l'offensive von Rundstedt parvint à une dizaine de kilomètres de Spa, quartier général de la Ire armée américaine – et traditionnel lieu de randonnée des Liégeois.

Les blindés des S.S. grondaient dans le brouillard, sur de paisibles routes, sinueuses et enneigées.

Ralph partit à leur rencontre.

3

Le fils des robots

Les belles photos réalisées par notre ami américain, maman les avait insérées dans un grand album, que j'ai rouvert ce soir.

Je me souviens de sa place à la maison : au fond d'un tiroir, dans la commode du salon. Maman entassait là tous ses albums. Elle en était fière : notre histoire illustrée, en plusieurs volumes.

Celui-ci, le deuxième de notre saga, est un objet de piètre qualité, un produit de la guerre. La couverture en carton rouge se disloque. Les petites photos faites par maman sont marquées d'auréoles et se décollent de leurs pages noires.

Je tiens beaucoup à ces images. Elles jettent quelques lueurs sur la période la plus mystérieuse de ma vie : celle dont je suis amnésique.

L'album rouge part d'un temps qui me précède. *Spa, août 1944*. Un pique-nique, au bord d'un ruisseau, sous un grand soleil. Ma sœur et mon frère pataugent dans l'eau. Quelques moutons s'y abreuvent… Des images de bonheur et d'innocence. Comme si la guerre n'était pas là.

On en vient vite à une série de photos d'immeubles dévastés. L'hiver des V1 – des *robots*, comme disaient les Liégeois – a commencé.

C'étaient de petits avions sans pilote. Noirs, terrifiants, avec leur queue lumineuse…

En décembre, dans une lettre à sa sœur, ma mère écrit :

« Qui eût dit que la guerre arriverait à son point critique au cours de la "mise en pages" de notre troisième enfant ? Enfin, ce sera peut-être le plus réussi malgré tout – et aussi, souhaitons-le, l'Ange de la Paix tant désiré. »

Ma sœur aînée a des souvenirs épars de cet hiver extraordinaire – le quatrième hiver de sa vie. Quelques flashes. Parfois même toute une séquence.

« Papa m'emmenait souvent sur son vélo, me dit-elle. Il avait équipé la barre d'une petite selle, avec des cale-pieds. Un soir, nous revenons de Coronmeuse, nous roulons sur la piste cyclable qui longe les quais. Et puis… Nous entendons les sirènes d'alerte. Des gens crient à papa : " Arrêtez-vous, monsieur ! C'est trop dangereux ! " Mais tu connais papa : il n'avait peur de rien. Il a continué à pédaler. Le ronron du V1 s'est arrêté. Et presque aussitôt le robot a explosé. Nous sommes tombés tous les deux à plat ventre sur la piste cyclable. Il y avait de la poussière jaune partout… Tu sais, comme quand on abat un mur. Nous avons regagné notre appartement du quai Saint-Léonard. Maman était dans tous ses états quand elle m'a vue. "Mon Dieu, qu'est-ce qu'elle a ? Pauvre petite !" J'avais le front en sang. Juste une égratignure, mais spectaculaire. Papa et maman ont pensé que c'était trop risqué de rester dans cet appartement sans cave. Ils ont rempli une ou deux valises, ils ont mis Jean dans la poussette. Et nous sommes allés nous réfugier tous les quatre chez bon-papa et bonne-maman, place Saint-Barthélemy. »

Il était temps de se mettre à l'abri. Quelques jours plus tard, le 5 janvier 1945, l'appartement du quai Saint-Léonard fut terriblement secoué par un V1, tombé tout près.

Dans ses caves spacieuses, notre grand-mère accueillait aussi des voisins et des religieuses d'un couvent du quartier. On y avait descendu ses plus beaux meubles, ses tapis, ses bibelots. Les murs du sous-sol avaient été repeints en jaune. C'était assez coquet !

Ma sœur me décrit l'ambiance à la maison…

« Quand les sirènes retentissaient, bonne-maman leur faisait écho : "V1, V1, tous à la cave !", criait-elle. Elle avait ses "palpitations". Les religieuses des Filles de la Croix priaient à genoux, dans leur coin. On avait préparé des cruches d'eau, où trempait du linge. On entendait un ronronnement saccadé.

C'était un bruit très particulier, un peu comme celui d'un hélicoptère qui s'apprête à atterrir. Si ce bruit s'arrêtait, c'était très mauvais signe : le robot allait tomber… Papa nous avait pris dans ses bras, Jean et moi. Son calme me rassurait. Et c'était l'explosion, plus ou moins forte, selon la distance. Papa me mettait un linge mouillé sur le nez et la bouche, pour que je ne respire pas les poussières de plâtre. Bonne-maman tombait souvent en syncope. Quelqu'un courait chercher de l'eau de Cologne dans la salle de bains du second étage, pour la ranimer. Je la vois encore, couchée dans la cave, comme une morte. Et je revois ces religieuses à genoux, remerciant Dieu de nous avoir une nouvelle fois sauvés. »

Les Liégeois mangeaient dans les caves, ils y dormaient, ils y travaillaient, parfois à tâtons et à la lueur d'une bougie, lorsque l'électricité était coupée.

Il fallait se ravitailler, faire ses courses, à pied ou à vélo. Pendant les alertes aériennes, les gens ne fermaient pas leur porte, ils la « laissaient contre », comme on dit à Liège. Tout passant surpris dans la rue par l'arrivée d'un robot n'avait qu'à pousser une porte. Il était le bienvenu dans la cave. On se saluait de la tête. Les présentations viendraient plus tard. On se serrait un peu. Et, quand le ronronnement saccadé se faisait entendre, chacun retenait son souffle.

Des brèches avaient été ouvertes dans les murs des caves. Ainsi, au besoin, on pourrait se faufiler d'une cave à l'autre.

Ce fut la saison de la solidarité.

C'est là, au fond de la cave aux murs jaunes, que je devais voir le jour.

Un bébé apparaît dans l'album de famille. L'appartement du quai Saint-Léonard est retapé. Nous pouvons le réintégrer.

Le front s'éloigne. La guerre prend fin.

Dans une lettre de l'été 1945, maman écrit :

« Notre petit Ralph s'épanouit joliment. Il y a de quoi s'enorgueillir pour un fils des robots ! »

Je tourne les pages de l'album rouge.

Avril 1946. Comme chaque jour, notre autre grand-mère, appelée Mammy, nous promène tous les trois au bord de la Meuse. Ma sœur roule à vélo. Mon frère essaie un tricycle. Je me tiens assis dans un grand landau, aux lignes plutôt frustes (style char d'assaut). Nous sommes vêtus de manteaux en peau de lapin.

Et puis cette vue d'ensemble, prise du haut de notre appartement. À l'arrière-plan, les péniches amarrées sont nombreuses. Mais aucune voiture ne circule sur le quai Saint-Léonard – aujourd'hui transformé en voie rapide.

Je passe à un autre album.

1947, 1948. La guerre reste présente sur ces images. Elle nous poursuit, elle me hante. Mon père a acquis une jeep des stocks américains. Je me souviens de la forte odeur d'essence, des pétarades du moteur, de la griserie du vent sur le visage.

Voici la petite famille à la campagne. Pour mon frère et moi, on pourrait dire « en campagne ». Ces deux gamins-là sont radieux quand ils posent dans le glorieux véhicule des G.I.'s. Papa s'est arrêté au bord de la route. Maman me photographie grimpant, à la suite de Jean, sur un canon rouillé, abandonné dans une prairie.

4

Je retrouve la Flèche noire

Un matin froid de février, sous un ciel merveilleusement bleu, mes pas m'ont conduit dans le quartier du Nord.

Je viens d'avoir cinquante-neuf ans. Et je ne sais quel vent me pousse, ces jours-ci, vers ma terre d'enfance.

En suivant les indications de ma sœur aînée, j'ai repéré l'immeuble du quai Saint-Léonard où nous avions vécu et qui n'existait plus dans ma mémoire. La date de sa construction est inscrite au fronton : *1938*. Mes parents, jeunes mariés de 1939, avaient donc choisi un appartement « ultramoderne ». Et ce choix m'attendrit.

Puis, m'écartant du fleuve, j'ai gagné la place Saint-Barthélemy. La collégiale aux deux tours carrées, je la vois comme l'église de mon village. J'ai été baptisé là.

Je me dirige vers une façade en pierre de taille : l'ancienne demeure de mes grands-parents. Mes racines sont ici… D'autant plus que je suis né sous terre. Un écriteau sur la porte : *C'est ouvert. Poussez fort.* Mais je n'entrerai pas. Et je ne m'attarderai pas sur le trottoir. Cela aurait l'air plutôt louche pour un promeneur aux cheveux blancs. Aux fenêtres du rez-de-chaussée sont exposées des lingeries fines. Une enseigne annonce : *Love Shop*. Voilà le dernier avatar de cette maison bourgeoise, qui fut peut-être, à l'origine, une maison de chanoine.

Je prends du recul. D'un banc public, j'observe la haute façade. J'imagine une scène du passé… Nous sommes à la fin de l'hiver 1945. La pluie des V1 s'est arrêtée. On peut sortir sans crainte. Une jeune femme brune apparaît sur le seuil, avec un grand landau. Et elle s'élance. Elle promène son bébé sur la place ensoleillée.

Bonjour, maman.

Cette maison dispose d'une seconde entrée, à l'arrière.

Il faut prendre la rue Hors-Château, qui longe le versant boisé. À droite s'amorcent quelques impasses. La première porte cochère à gauche donne sur notre ancien jardin.

Pourrai-je y faire une petite incursion, en douce ?

À présent cette porte est défigurée par des tags. Elle résiste à ma poussée. Je regarde par le trou de la serrure, comme un rôdeur. Le jardin est moins vaste que dans mon souvenir. Mais son aspect n'a guère changé. Je distingue le gravier rouge, les feuilles luisantes des buissons d'aucubas, une table ronde et des bancs pareils aux nôtres, et, dans le fond, la façade blanche, les grandes baies vitrées… Pour un peu, j'apercevrais un jeune homme habillé de kaki. Notre ami éphémère.

Je poursuis ma promenade.

La place du Marché me sourit. C'est le cœur de Liège. Dire que cette petite place ancienne, si accueillante, ombreuse et fraîche à souhait l'été avec ses fontaines, a failli disparaître sous les bombes volantes.

Au lendemain de la guerre, l'état-major suprême des forces alliées, voulant saluer la vaillance des Liégeois et les remercier, a fait sceller une plaque dans un mur de leur hôtel de ville.

La voilà, cette plaque. Noircie, elle se confond avec la pierre de la façade. Qui s'arrête encore devant elle ?

Je lis :

In grateful recognition to the people of Liege who, like good soldiers, stood steadfast at their posts to aid the Allies throughout the enemy's siege of their City, from 20 November 1944 to 18 January 1945…

Quelqu'un me frappe l'épaule. Je me retourne.

Di Paolo !

Ce vieux monsieur qui me sourit, je l'ai reconnu illico.

Les cheveux qui lui restent sont d'un bel argenté. Le teint est toujours olivâtre. Et une malice enfantine brille dans les yeux de Di Paolo quand il me jette, avec son accent liégeois inchangé :

« Salut, patate pourrie !

— Tu m'as fait peur, sale macaroni ! »

Ces insultes, nous les échangions dans la cour de récréation, lorsque nos jeux tournaient mal.

Di Paolo me demande :

« Où vas-tu comme ça ?

— Aujourd'hui j'ai congé. Je me promène.

— Alors je t'offre un verre. On va se réchauffer un peu ! Je connais un bon petit bar, tout près d'ici.

— Allons-y. »

Bruno Di Paolo était surnommé « la Flèche noire », en raison de ses cheveux de jais et de ses sprints fulgurants. Nous étions les deux plus rapides de la classe..., voire de toute notre école primaire. C'est moi qui lançais la course relais ; c'est lui qui la concluait. Deux poussées irrésistibles, au départ et à l'arrivée. Je prenais de l'avance et, le terrain perdu par les équipiers suivants, Di Paolo le rattrapait à la fin. Bref, nous faisions tout le travail.

Et si je défiais « la Flèche noire » sur-le-champ ?

Non. Nous marchons côte à côte. Et son pas me semble bien lourd. Je le regarde du coin de l'œil : ce vieux monsieur est-il vraiment mon Di Paolo ? Devant nous, deux gamins jouent sur la margelle d'une fontaine.

Je me souviens de cette petite fontaine, près du magasin des parents de Di Paolo, au pied de la cathédrale. Un jour d'été, nous nous y sommes désaltérés, tous les deux. Se le rappelle-t-il ? Sans doute pas. À chacun ses images d'enfance.

Bruno était le fils d'un immigré italien d'avant la guerre, devenu marchand de fruits et légumes à Liège.

Je m'entendais très bien avec lui, mais des tensions internationales agitaient notre amitié.

Si je l'asticotais sur Mussolini, le copain de Hitler, Di Paolo répliquait : « Mon papa détestait le régime fasciste. »

De quoi parlait-il ? Je songeais aux régimes de bananes accrochés à l'étalage du magasin paternel.

Il ajoutait :

« C'est justement à cause de Mussolini que mes parents ont foutu le camp et qu'il sont venus habiter chez vous, les mangeurs de frites. »

Alors, en bombant le torse, je lui balançais le mot fameux d'un autre macaroni :

« De tous les Gaulois, les Belges sont les plus forts ! disait Jules César. »

Di Paolo ripostait :

« La ferme, Demy !... Demi-portion ! On ne t'a jamais dit que tu ressemblais à un petit Boche ? »

Le coup de Jarnac !

Mes yeux sont bleus. J'avais les cheveux blonds, en ce temps-là. En plus, maman nous obligeait, mon frère et moi, à porter les culottes de peau, à la tyrolienne, qu'elle avait rapportées d'un voyage dans les Alpes bavaroises.

J'aurais pu figurer, quelques années plus tôt, sur une affiche de propagande pour les *Hitler Jugend*.

Mais de là à me traiter de « petit Boche », moi, le filleul d'un G.I. abattu par les S.S. !

« Asseyons-nous là. »

Di Paolo commande deux verres de vin.

« Qu'est-ce que tu en dis ? C'est un Barolo 1995. Figure-toi que je me suis mis à cultiver quelques arpents de vigne dans mon grand jardin, sur les hauteurs de Liège. Oui, je fais du vin, comme mes ancêtres en Italie. Tu viendras voir, je t'invite. Mais ce Barolo, c'est autre chose. Je m'occupe de mes douze petits-enfants. Et puis je fais partie d'une chorale. On se réunit une fois par semaine dans la cathédrale. Tu devrais te joindre à nous. Je me souviens qu'à la messe, tu chantais comme une fille...

— Et toi, à la récré, tu imitais Luis Mariano...

— *Mexico Mexi...ico tes femmes sont ardentes*

Et tu seras toujours le paradis des cœurs et de l'amour...
À part ça, mon épouse m'a quitté. Je refais ma vie avec une Sicilienne, assez jeune. Une belle femme, ma Rosaria... Ma mère habite avec nous. Elle a 89 ans. Je ne l'ai jamais connue qu'en vêtements noirs. Elle porte un deuil permanent. Mais elle ne

désarme pas. Elle fait encore elle-même à la maison les pâtes les plus succulentes du monde. Je comprends qu'elle impressionne ma Rosaria. Ma mère a des yeux noirs qui vous transpercent comme un rayon laser. Allez, on reprend un verre ? Patron, deux Barolo ! Non, apportez plutôt la bouteille. »

Bruno remplit nos deux verres à ras bord.

« À ta bonne santé, patate pourrie ! Quel plaisir de te revoir ! Quand je pense qu'on ne s'était plus parlé depuis presque cinquante ans. Comme ça va vite, la vie ! Tu sais, j'ai encore toutes nos photos de classe à l'institut Saint-Paul, de 1950 à 1956. Et, quand je les regarde, je peux mettre un nom sur chaque visage. Pourtant, dans ces classes, nous étions entre trente et quarante. Deux d'entre nous sont morts l'an dernier… Franckson et Philippot.

— Je ne le savais pas.

— J'ai vu ça dans *La Dépêche*. Je commence à m'intéresser à la rubrique nécrologique. Franckson et Philippot : les deux cracks… La croix d'honneur presque chaque semaine. Je ne les ai jamais rencontrés à l'âge adulte. Ils garderont toujours pour moi leur visage de gamin. On me dit que Franckson a eu une triste vie. Je n'en sais rien. Il restera pour moi l'auteur du seul but que nous avons marqué en cinquième contre l'équipe de sixième, le jour de la fête du directeur. Un but de légende ! Tu te souviens, Ralph ?

— Ben oui ! C'est moi qui lui avais fait la passe…

— Son copain, le grand Philippot, c'était quand même un sacré faux jeton.

— J'en sais quelque chose : j'ai été son voisin de banc. Pendant tous les examens, il dissimulait soigneusement sa feuille derrière un mur de livres et de cahiers.

— Pas seulement ça. Philippot nous incitait à chahuter, tout en gardant son air de lèche-cul. Mine de rien, il foutait le bordel dans la classe et préservait sa croix d'honneur… Et toi, Demy, qu'est-ce que tu es devenu ? N'es-tu pas journaliste ? Il me semble avoir déjà vu ta signature dans *La Dépêche*.

— Non, non, ce n'est pas moi, tu confonds. J'ai travaillé un peu à *La Dépêche* quand j'étais encore au collège. Mais j'ai fait toute ma carrière dans des bibliothèques. Je suis historien de formation.

— Tu es grand-père ?

— Pas encore. Mais bientôt. Mes deux filles attendent chacune un bébé. Elles ne parlent plus que berceaux, couleurs de chambre d'enfant. Elles se passent des livres de prénoms… La perspective d'être grand-père m'enchante. Même les prémices m'intéressent. Autrefois, on disait d'une femme enceinte qu'elle était "dans une position intéressante". Je suis bien d'accord et je dirais même que c'est " une position passionnante". Oui, j'aime regarder une femme enceinte, les mains croisées sur le ventre, suprêmement contente. Avec son petit air lointain. Ce sourire rentré, cette sérénité… Pendant quelques mois, elle échappe à la solitude.

Cette femme-là est au-dessus de tout. Elle attend un enfant, et plus rien d'autre. Nos agitations ne la concernent plus. La femme enceinte a quelque chose de surnaturel. Elle est un ange, un beau mystère… »

Di Paolo me regarde en riant.

« Tu parles presque comme un poète, mon vieux Ralph. C'est l'effet du Barolo ? »

5

Un cinéma à côté d'un journal

Ciao, Di Paolo ! À un de ces jours, peut-être.

Je m'engage à présent dans la courbe du boulevard de la Sauvenière. Un haut lieu de mes jeunes années.

Je passe devant les bureaux du journal *La Dépêche*. J'y avais mes entrées, autrefois. Je lève les yeux. Cette grande façade, presque entièrement vitrée, n'a plus très bonne mine. Une horloge est accrochée à hauteur du deuxième étage, où se trouve la salle de rédaction. Elle rappelle à ceux qui travaillent là que chaque jour est une course contre la montre.

Jadis, à côté de *La Dépêche*, il y avait un cinéma, le Crosly, suivi d'un théâtre, le Trianon. Deux bâtiments rasés depuis longtemps. À leur place s'étend un terrain boueux, peuplé de voitures.

Le Crosly ne donnait que des films d'aventures. Ce fut le temple de nos jeudis.

À l'aube des années cinquante, nous y avons découvert, mon frère et moi, *L'Île au trésor*, *Sitting Bull*, *La Flèche brisée*, *Capitaine sans peur*, *Retour au paradis*, *Les Neiges du Kilimandjaro*, *La Mission du commandant*

Lex, *Scaramouche*, *Le Triomphe de Tarzan*... J'énumère ces titres pour le plaisir. Ils me procurent encore des frissons. Quand le rideau s'ouvrait sur l'écran, j'échangeais avec mon frère des coups de coude enjoués, pour marquer la solennité de l'instant. En sortant du Crosly, nous étions ivres d'images, nous avions renouvelé pour une semaine nos provisions de rêves.

Les films de guerre étaient nombreux.

Dans *Les Forçats de la gloire*, un personnage secondaire capta mon attention : ce fantassin à lunettes, qui suivait une compagnie de G.I's, de l'Afrique du Nord à la Sicile. Dès qu'il le pouvait, il s'isolait, afin de taper son papier. C'était un correspondant de guerre, comme Ralph Curtis, mon parrain.

Autre film épatant : *Je reviens de l'enfer*, avec Audie Murphy, que l'on disait « le soldat le plus décoré de l'armée américaine » et qui jouait son propre rôle à l'écran.

Et *Stalag 17*... Super ! William Holden y incarnait un aviateur américain prisonnier des Allemands. Nous admirions ce héros désinvolte, paré de la fameuse veste de cuir à col de fourrure. L'officier allemand qui l'interrogeait lui infligeait une torture bizarre. Il l'empêchait d'aller dormir. Était-ce donc si pénible ? Enfants, nous détestions l'heure du coucher.

Une statue de la reine Astrid surmontait l'écran du Crosly. Nous la distinguions dans la pénombre. Elle était la veilleuse de nos nuits cinématographiques. Si je m'identifiais à Audie Murphy, montant à l'assaut d'une colline tenue par les Japs, la vision de cette blanche silhouette me ramenait sur terre.

Un cinéma à côté d'un journal… On peut y voir une allégorie. La Fiction adossée à l'Actualité. Le Rêve et la Réalité.

Mais moi, en ce temps-là, je n'avais d'yeux que pour le Crosly. Son enseigne géante, rouge vif, éclipsait le bâtiment bleu de *La Dépêche*.

J'ignorais ce qui se tramait, jour après jour, derrière ces fenêtres, à hauteur de cette horloge.

J'allais le découvrir à dix-sept ans…

6

La salle de rédaction

C'était en 1962.

Au collège Saint-Servais, j'avais pour meilleur ami le fils d'un journaliste sportif de *La Dépêche*, Victor Guerrier. Il s'appelait Philippe. Un prénom vedette du baby-boom : rien que dans ma classe, quatre Philippe se côtoyaient.

Mon copain était un lecteur passionné de Dostoïevski. En littérature française, il n'avait qu'un titre à la bouche : *L'Écume des jours*, de Boris Vian. Si bien que nous l'avions surnommé Boris.

Cette année-là, Boris avait choisi de vivre dangereusement. Pour braver les pères jésuites, il affichait son anarchisme, son nihilisme, et son ras-le-bol de la culture classique.

« Qu'importe les études ! me disait-il. Quand Simenon a fichu le camp de Saint-Servais, il n'était qu'en 3e moderne. Il a été engagé dans un journal à quinze ans. Nous n'avons plus de temps à perdre. »

Son existence dans ce collège, Boris la jouait à la roulette russe. Jusqu'où pourrait-il aller trop loin ?

Un matin, à son arrivée dans la cour de Saint-Servais, Boris nous étonna. Du père recteur au plus petit des élèves, tout le monde eut un choc. Même à moi, son grand confident, il n'avait rien dit du coup qu'il préparait.

Ses cheveux étaient teints en bleu.

Aujourd'hui, personne ne se retourne plus sur un adolescent aux cheveux roses ou verts. Mais cela se passait quasiment un demi-siècle avant les punks.

Boris était-il devenu fou ?

« Quoi ? Qu'est-ce qui ne te va pas ? Ça te dérange ? » disait-il, imperturbable, à ceux qui fixaient des yeux sa chevelure bleu pétrole.

Il ne fut pas renvoyé. Et sa période bleue prit fin quelques mois plus tard.

J'habitais alors à deux pas du collège Saint-Servais. Le matin, c'était très pratique. Mais, après les cours, c'était frustrant. Je m'offrais quand même un « chemin des écoliers ». Je raccompagnais Boris.

Il demeurait au bout de la rue Saint-Pierre, qui domine la place Saint-Lambert. (On voit que, dans les vieux quartiers de Liège, les noms de saints ou de saintes sont légion.)

Nous passions par le « Carré », pour regarder les filles. Petites haltes aux entrées des divers cinémas, constellées de photos. Nous traversions le boulevard de la Sauvenière en face des fameuses enseignes – la rouge du Crosly, la bleue de *La Dépêche*. Et puis, toujours plongés dans de grandes discussions, touchant à des films ou à des romans, nous grimpions la rue Haute-Sauvenière. Dernière station, sur le seuil de la maison de mon acolyte. La conversation rebondissait. Boris refaisait un bout de chemin avec moi.

« Et vos devoirs ? » me direz-vous.

Nos devoirs pouvaient attendre ! Nous avions mis au point, tous les deux, un système ingénieux, qui réduisait le temps de travail. – J'y reviendrai.

Ce matin, j'aurais pu, sur la lancée de ma promenade nostalgique, faire un crochet par la rue Saint-Pierre, pour revoir la maison de Boris. Mais elle n'existe plus. Elle a été parmi les victimes d'un massacre urbanistique. Désormais, cette élégante rue ancienne, où est né le grand César Franck, s'interrompt brusquement. Elle fait l'effet d'une phrase musicale inachevée.

Emportés aussi, disparus, les Degrés Saint-Pierre, qui prolongeaient la rue. On pouvait redescendre par ce bel escalier vers le palais des Princes-Évêques. On traversait un petit square, planté d'un magnolia somptueux. Sacrifié. Massacré lui aussi.

Un dimanche de printemps, en début de soirée, comme nous sortions du cinéma Carrefour, situé en face du Crosly, Boris me dit :

« Tu veux voir la salle de rédaction de *La Dépêche* ? Je suppose que mon père est là.

— Quoi ? Il n'est pas en Italie ? Je viens de lire un reportage signé Victor Guerrier… »

C'était la saison du Giro.

« Tous les lecteurs de *La Dépêche* croient que mon père parcourt les routes d'Italie à moto. En réalité, c'est ici qu'il fait ses papiers. Cette année, il n'avait pas trop envie de partir, il se sentait fatigué. Pour la première fois de sa carrière, Victor Guerrier ne suit pas le Giro. Il le couvre quand même. Ces jours-ci, il adopte un profil bas, il évite de se montrer dans les cafés de Liège.

— Alors, il invente tout ?

— Il brode. La lecture des dépêches d'agence lui suffit pour imaginer l'ambiance aux étapes, les états d'âme des coureurs, leurs monologues intérieurs. »

Victor Guerrier avait deux spécialités : la boxe et le cyclisme. Il tutoyait les poids lourds du ring et les géants de la route. Dans les salles de presse, il s'était lié d'amitié avec le plus brillant des bourlingueurs du Tour de France, Antoine Blondin.

Victor écrivait des papiers pleins de verve. Racontées par lui, les étapes de la Grande Boucle devenaient les chapitres d'un roman de cape et d'épée. Dans les colonnes de *La Dépêche*, Louison Bobet s'exprimait comme d'Artagnan. Interviewés par Victor, même les rudes Flamands, les *gregari* de la Squadra Azzurra, répondaient dans un français châtié, frôlant la préciosité.

Voici le style :

« Nous avons vu Louison Bobet affalé au pied du podium.

L'élégant Breton était méconnaissable… Le géant était terrassé. Les membres brisés, le visage éclaboussé par les boues du Tourmalet, il avala goulûment une rasade d'eau. Il s'essuya la bouche. Son regard se fit songeur.

Louison réfléchissait…

Il vit passer une silhouette familière. C'était Grand Fusil, le fidèle d'entre les fidèles, le renard auvergnat.

Raphaël Geminiani pencha vers son capitaine son visage en lame de couteau.

Alors, le regard du Breton s'éclaira.

“Grand Fusil, murmura Bobet, j'ai un plan pour l'étape de demain. Tu vas m'aider… Mais… Mais nous en parlerons plus tard… On nous écoute.”

Le champion venait de s'aviser de notre présence… »

De notre envoyé spécial au Tour de France
Victor GUERRIER

Donc, un soir de mai 1962, Boris m'introduisit dans la place. Il me fit passer par une petite porte, à l'arrière du bâtiment de *La Dépêche*. « L'entrée des artistes », en quelque sorte.

Le corridor longeait un garage. Des bobines géantes de papier blanc étaient dressées là, dans un coin sombre.

Je suivis Boris dans un dédale de couloirs, d'escaliers raides, biscornus. Il régnait une chaleur lourde.

Boris poussa encore une porte. Et, sur un ton solennel, comme s'il me présentait un être vivant – et de grand renom –, il dit :

« Ralph, voici la rédaction... »

Avais-je jamais vu un désordre de cette envergure ?

La salle de rédaction, qui s'étendait d'un bout à l'autre du deuxième étage, côté boulevard, semblait avoir essuyé une tempête.

Partout, un incroyable amas de papiers. Les télex du jour, déjà dépassés, débordaient de toutes les corbeilles. Les tables étaient surchargées : machines à écrire, pots de colle, bottins, rouleaux de téléscripteurs, journaux déployés, tasses vides, cendriers remplis...

Les fils téléphoniques, accrochés au plafond, pendaient à travers la salle, comme les cordages d'un navire.

La tempête n'était pas apaisée. Plusieurs machines crépitaient encore.

Les rédacteurs se levaient, couraient de-ci de-là, un papier à la main.

« *Une odeur étrange, particulière, inexprimable, l'odeur des salles de rédaction, flottait dans ce lieu...* »

Dans *Bel-Ami*, de Maupassant, que je venais de lire, cette phrase-là m'avait intrigué.

Je humais pour la première fois « l'odeur étrange » que tous les journalistes connaissaient.

Boris m'entraîna dans le fond de la salle. Et je pus voir son père à l'œuvre.

Victor Guerrier rédigeait l'un de ses reportages « romancés ».

Un cigare à la bouche, le vieux journaliste tapait à toute allure. Il avait placé sur sa machine un épais rouleau de téléscripteur – rouleau de papier blanc, doublé d'un papier jaune sous un carbone. Pas besoin de changer de feuille. Rien ne freinait son élan.

Apercevant Boris, il lui fit un clin d'œil et dit :

« Assieds-toi. Je n'ai pas encore fini. »

Nous prîmes place à une table voisine.

En ce temps-là, Boris fumait des Boyard, comme Jean-Paul Sartre et Jean-Luc Godard. Ayant allumé sa cigarette gros module, papier maïs, il me dit :

« En fait, mon père vient seulement de commencer ses textes. Il a plusieurs colonnes à taper. Mais il ne va pas traîner, tu verras.

— Une colonne, c'est combien de lignes ?

— Cent "lignes machine", qui valent deux cents "lignes journal".

Le reporter sportif était arrivé fort tard à la rédaction. Tout le monde l'attendait. On avait réservé deux pages entières pour sa prose. Au Giro, l'étape du jour était importante. Rik Van Looy l'avait remportée.

Victor Guerrier aimait travailler dans l'urgence, dans la fièvre du bouclage. Cette course éperdue sur le papier le grisait. Il n'avait plus le choix. Il écrivait droit devant lui, sans répit. Comme traqué par la progression d'un feu de brousse.

Je l'observais.

L'agitation frénétique de ses mains contrastait avec l'impassibilité du visage.

Victor s'était envolé, tel Bahamontes, l'Aigle de Tolède, sur les pentes du puy de Dôme. Il s'était abstrait de cette grande salle tapageuse, brumeuse de toutes les cigarettes fumées là depuis le matin. Il était indifférent au bruit des autres machines à écrire, aux coups de fil passés par ses voisins, aux coups de gueule qui éclataient plus loin dans la salle, du côté de l'« information générale », de la « locale ».

Son corps, rivé à la machine, marquait le léger déhanchement des grands rouleurs. Victor luttait contre la montre. Il ne se souciait pas des cendres de cigare qui tombaient sur son veston. Il n'avait pas le temps. Il tapait.

Le rouleau de télex se déroulait, atteignait le sol, s'y allongeait…

Et je me demandais quels propos Victor Guerrier pouvait bien prêter à l'Empereur d'Herentals…

Rik Van Looy semblait lui avoir raconté sa vie à sa descente de vélo.

Le chef d'atelier venait aux nouvelles. Il lorgnait cette copie démesurée. Il la convoitait. Il en quémandait ne fût-ce qu'une partie. Il trépignait.

Car on avait dangereusement dépassé la *dead line* de la première édition, dite « édition nuit ». La clicherie et la roto réclamaient ces deux dernières pages, afin de boucler le journal.

Boris me donna un coup de coude :

« Regarde… Le rédacteur en chef. »

Un homme aux cheveux blancs venait vers nous.

« C'est lui qui fait la une. Il n'a pas encore trouvé sa manchette », ajouta Boris.

Le rédacteur en chef se mit à lire par-dessus l'épaule de Victor – ce que tout écrivain déteste. Le reporter sportif ne broncha pas. Car si, dans cet orchestre, il avait le rang de soliste, l'homme qui se tenait derrière lui, c'était le *maestro.*

Victor tapa encore quelques lignes. Puis il se recueillit.

Ses doigts, restés un instant en suspens, se ranimèrent. Il venait de trouver sa chute.

Il jeta un ultime coup d'œil sur son papier et consentit à le donner à l'atelier.

Il alluma un autre cigare.

En rentrant chez moi, j'étais songeur.

L'ambiance qui régnait dans cette salle de rédaction, à la tombée du jour, m'avait évoqué de merveilleux films américains : *Citizen Kane, The Front Page, While the City Sleeps, Le Gouffre aux chimères, Monsieur Smith au Sénat*…

Le monde des *newspapers*, tel qu'il était recréé sur le grand écran, me fascinait… L'accent nasillard des acteurs, l'excitation générale, la fumée des cigarettes, filmée dans le halo des lampes de bureau, les vieux secrétaires de rédaction, équipés d'une visière… Et puis les reporters aux allures de détectives – gabardine et chapeau mou –, ces hommes amers et sans illusions, qui ne craignaient pas de dénoncer les scandales, qui bravaient les politiciens, les *businessmen,* et recherchaient la vérité jusqu'au fond des bars… Et, en apothéose, le spectacle magnifique d'une rotative en marche. L'édition spéciale annoncée dans les rues à grands cris.

Dans le bâtiment bleu de *La Dépêche*, la vie rivalisait d'intensité avec le cinéma.

Je tenais là ma destinée.

7

La Dépêche pour demain

Pendant les deux dernières années de mes humanités, grâce à Boris, j'ai passé de nombreux dimanches à *La Dépêche*. Nous venions en renfort. On sait que le dimanche est la plus rude des journées pour les reporters sportifs d'un quotidien.

Ce petit boulot nous valait une certaine aura, au collège. Le journal qui, le lundi, se répandait dans les rues de Liège, nous l'avions vu naître la veille. Nous nous étions penchés sur les puzzles de plomb que les typographes assemblaient.

À la faveur des vacances scolaires, Boris et moi reprenions du service, pour plusieurs jours de suite, cette fois.

Nous adorions nous rendre au journal, monter à bord de ce grand paquebot, en partance pour une tumultueuse traversée du temps.

De dix heures du matin à minuit, le spectacle y était permanent. Comme au Crosly.

Dans la salle de rédaction, la tension montait au fil des heures. Chaque jour, le même cirque, le long crescendo. Une, deux, trois machines à écrire crépitaient, jusqu'au tutti final, au moment du bouclage.

C'est alors que Victor Guerrier entrait en piste et exécutait sur son clavier un grand numéro de claquettes.

Moi, dans tout ce cirque, j'étais la petite main.

Je devais arracher les dépêches au fond d'un local où le boucan des téléscripteurs n'arrêtait jamais. Je les découpais sur un coin de table et les triais, avant de les porter aux différents chefs de service.

Boris, de son côté, tapait déjà quelques « brèves ». Les premières de sa vie.

J'allais de la salle des télex à la rédaction. Et de la rédaction à l'atelier, situé au même étage. Dans la bataille qui se livrait, j'avais le rôle d'estafette.

Le chef d'atelier, qui distribuait les copies entre ses hommes, me houspillait. « Trop tard, *mi p'tit fi*, trop tard… » C'était chaque fois trop tard. Il me lançait des sarcasmes : « Tu travailles pour un quotidien ou un hebdomadaire ? » Ou encore : « Cet article, mon petit, il paraîtra après-demain… » Comme si j'y pouvais quelque chose. Je n'étais qu'un grouillot.

Le poste de commandement se trouvait dans une cage de verre, contiguë à la rédaction.

Le désordre général s'arrêtait à la porte de ce petit local, dont la nudité surprenait. Rien d'autre qu'un téléphone, un stylo et un tas de feuilles de brouillon, posé sur le bureau. Dans un coin : une plante verte, rachitique, malheureuse d'être là. Et, derrière cette table, trônait un vieux lion.

C'était le rédacteur en chef.

Dans cet austère petit bureau, il rencontrait ses journalistes en tête-à-tête. Il les écoutait, l'air sombre, désabusé. Il leur avait donné pour mot d'ordre : « Étonne-moi… » Il attendait d'eux des idées neuves. Elles tardaient à jaillir.

L'homme ne manquait pas d'allure. Ce front puissant, ce regard tourmenté, cette chevelure blanche, en bataille, évoquaient les portraits de Beethoven.

Le rédac-chef ne prenait jamais de vacances. *La Dépêche* était son délice, son supplice. Sa drogue dure.

Depuis des années, il portait le poids du monde sur ses épaules. Toutes les grandes tragédies de son temps, il les avait assumées, suivies de minute en minute, dans son journal, jusqu'au bout de la nuit. Elles lui avaient inspiré, sur-le-champ, des titres qui prenaient le lecteur à la gorge.

Je me rappelle ce titre présentant la photo de l'arme avec laquelle Oswald avait assassiné Kennedy :

« Pourriez-vous faire mouche trois fois en cinq secondes avec ce fusil ? »

En titrant de la sorte, tout de suite après l'attentat, le rédac-chef avait visé juste !

Sa manchette la plus fulgurante, il devait la trouver en juillet 1969. Elle tient en deux lettres. La navette d'Armstrong et Aldrin s'apprêtait à décoller. Objectif Lune. Ce matin-là, on vit, recouvrant toute la une, une carte de la Lune, surmontée d'une flèche et d'un seul mot, en caractères géants :

Là

Le rédacteur en chef ne tapait pas à la machine. Ses titres, il les traçait à la main. Il les ciselait. Il les dessinait même. Car sa belle écriture préfigurait le graphisme de la une.

Jamais sa signature n'apparaissait dans *La Dépêche*. Et ce nom invisible était pourtant devenu une légende.

J'observais son manège.

Vers seize heures, le rédac-chef sortait de la cage de verre et allait de table en table, en quête d'une manchette.

Quand il avait flairé, avant tout le monde, l'information du jour, un sourire de paysan madré éclairait son visage.

Encore fallait-il la formuler idéalement, cette manchette.

C'était son défi quotidien.

Trouver le titre évident, mais inattendu. Simple comme bonjour, mais éclatant comme la foudre.

Inventer aussi le dessin typographique, la géométrie de la première page, qui changeait chaque jour.

« Le journalisme est à l'intersection du langage et de la géométrie », disait-il.

Le rédacteur en chef retournait dans sa cage de verre et essayait des variantes de titre. Il chiffonnait ces feuillets, les jetait dans la corbeille. Jamais content, le rédac-chef. Et puis… Il se précipitait vers l'atelier. Il poussait une porte battante, comme celle d'un saloon. Il confiait sa trouvaille au meilleur linotypiste de *La Dépêche*. Pourvu que « ça rentre », et que le sous-titre « fasse des lignes pleines » ! Cet as de la langue française et ce virtuose de la linotype trouvaient très vite une solution.

Pour les articles empilés dans les colonnes des pages intérieures, le rédacteur en chef ne chipotait pas tant. Il demandait à ses journalistes une écriture neutre, nette, efficace. Pas d'ornements. Il proscrivait toute recherche de style.

« Chaque phrase doit être un coup de poing, disait-il. Il faut un sujet, un verbe, un complément. Tout le reste, tu laisses tomber. Et puis, appelle un chat un chat. Inutile d'écrire "l'astre du jour" pour éviter une répétition du mot soleil dans le même paragraphe. »

Le rédacteur en chef assénait encore :

« Un reporter doit être un voyeur et non pas un exhibitionniste. »

Il faisait une exception pour Victor Guerrier. Il lui passait son lyrisme, ses métaphores. Du reste, le père de Boris était l'un des très rares journalistes de *La Dépêche* autorisés à signer leurs articles.

L'atelier sentait le plomb, la térébenthine, l'encre grasse des épreuves… Odeurs agressives, odeurs émouvantes parce qu'elles se rapportent aux beaux soirs agités de mes dix-sept ans.

Quel vacarme, à l'atelier ! Quelle ambiance ! Tandis que, dans un cliquetis d'enfer, les linotypistes actionnaient leurs machines à écrire géantes, une armée de metteurs en pages s'activait au marbre.

Les lignes de plomb, encore chaudes, étaient assemblées en colonnes. Elles voyageaient sur des galées. On en tirait des épreuves, qui partaient à la correction.

Les typographes manipulaient ces lignes avec une dextérité sans pareille. Ils étaient des artisans. Chacun réalisait sa page à sa manière, dans les règles cependant. Il la voulait élégante, équilibrée, bien aérée de blancs, parfaite. Il défendait cette page à coups de typomètre si un journaliste s'avisait d'y poser les doigts.

Ces hommes en bleu avaient leurs secrets. Ils employaient des termes ésotériques : colombelles, morasses, bâtonnés… Ils savaient lire couramment les caractères à l'envers.

Ces artisans formaient la noble corporation du livre. Jadis, ils avaient le droit de porter une épée.

Pour le montage des pages sportives, Victor Guerrier avait affaire à trois zigotos.

Il nous les présenta. Le premier, le vieux Carlo, un grand gaillard d'origine italienne, un blagueur, était dur d'oreille. Le deuxième, un petit Espagnol, qui ne se laissait pas faire, était sourd-muet. Et le troisième, un Belge à lunettes, les cheveux coiffés en brosse, était bègue.

Au marbre des sports, la communication ne coulait donc pas de source. Mais on riait beaucoup dans ce coin-là. Ces trois typographes étaient pleins d'humour et de chaleur.

Dans le fond de l'atelier : l'équipe des correcteurs. Ces hommes et ces femmes passaient des heures à comparer les copies et les épreuves. Leur sort me paraissait peu enviable. Je les voyais comme des instituteurs condamnés à corriger des dictées à perpétuité. Lire, lire, lire et encore lire des textes imposés. S'arrêter sur une phrase incompréhensible, ramasser des coquilles à pleines mains.

Les correcteurs avaient pour chef un petit homme rougeaud, venu d'Anvers, toujours coiffé d'un béret, les manches de sa chemise protégées par de la lustrine. Un lecteur ultrapointilleux, un Flamand paradoxal, amoureux fou de la langue française.

De temps à autre, il trottinait vers la rédaction, où il n'était pas très bien reçu. Les correcteurs n'avaient pas le droit de remanier d'initiative un texte… « Mais ça, je ne peux quand même pas laisser passer ! » grommelait-il.

Son œil terrible cherchait l'auteur du titre erroné ou de la phrase absurde.

Et le correcteur en chef se faisait un plaisir de lui mettre sa bourde sous le nez.

Je crois qu'il ne prisait guère les articles de *La Dépêche*. Rentré chez lui, ce lecteur professionnel de prose journalistique écrivait des poèmes… Enfin écrire !

Vers vingt heures, je percevais un grondement sourd dans les tréfonds de l'immeuble… Comme des trépidations émanant de la salle des machines d'un navire.

La rotative tournait.

Et bientôt, un homme en bleu, issu de là-bas, surgissait sur le pont avec un paquet sous le bras. Son arrivée était très attendue.

« Ah ! voilà le canard… »

L'homme déposait à la rédaction les premiers exemplaires de l'édition nuit.

Les journalistes s'en emparaient.

Ils remaniaient les articles. Une information plus forte en chasserait une autre, dans l'édition matin. Et l'on retournait à l'atelier, afin de faire « reprendre les pages ».

« Encore des rentrées ? » ronchonnait le typographe. Il se faisait toujours un peu prier.

En bas, dans le couloir, plusieurs hommes en casquette avaient guetté eux aussi la sortie de l'édition nuit. C'étaient les crieurs de *La Dépêche*. Une sorte de landau leur servait à transporter les journaux tout frais, encore parfumés d'encre Ils allaient se poster devant les grands cinémas et en d'autres points stratégiques. À vingt-trois heures, lorsque la foule des spectateurs jaillissait des portes du Forum et du Palace, ils criaient :

« *La Dépêche* pour demain ! Demandez *La Dépêche* pour demain ! »

À minuit, le rédacteur en chef sortait par l'arrière du bâtiment, rue Basse-Sauvenière, où défilaient les camions de livraison.

Des lecteurs affluaient encore vers cette petite rue, fort sombre, pour acquérir l'édition nuit, avec les reportages sportifs, les arrivées de l'étape du jour et le classement général, les nouvelles amours d'une star, les crimes et les chiens écrasés, sans compter les mots croisés, les nécrologies, les petites annonces, la page des bandes dessinées, le dernier rebondissement dans la vie du Fantôme, le gag du professeur Nimbus…

Et ces lecteurs impatients croisaient le maître d'œuvre de ce miracle quotidien : la fabrication d'un journal.

Tous les rédacteurs avaient quitté le bateau. Le temps était suspendu, pour quelques heures. Les nouvelles survenant après minuit ne les inquiéteraient pas. Les pages de *La Dépêche*, en mouvement depuis le matin, étaient figées.

Mais les trépidations souterraines continuaient. De même, le va-et-vient des camions se poursuivait dans la rue Basse-Sauvenière. Les rotativistes et les hommes de l'expédition resteraient à leur poste jusqu'à l'aube.

Le rédacteur en chef accédait à l'autre versant de la nuit. Suivi de Victor Guerrier et de quelques fidèles, il poussait la porte d'un café, place de la République-Française.

Alors, bière après bière, les journalistes refaisaient le canard. Ils le regardaient une dernière fois, le repliaient, l'oubliaient… Parlaient d'autre chose.

Ils ne se pressaient plus. Après tout, n'exerçaient-ils pas le plus beau métier du monde ?

Et, comme des enfants, ils n'avaient pas envie d'aller dormir.

8

Drôles d'oiseaux

Ces gens-là disaient rarement : « Je vais au bureau. » Ils disaient : « Je passe au journal », même s'ils devaient y passer des heures.

Je les observais. À dix-sept ans, on devine mal l'âge des adultes. Tous ces journalistes me paraissaient vieux.

Je me souviens d'Henri, de ses lunettes aux verres fumés, de ses cheveux longs et grisonnants. Trentenaire ou quadragénaire ? Il était fou de cinéma. Il passait son existence entre la salle de rédaction et les salles obscures. Pour le reste ? Néant. Il était célibataire. Le journal était sa maison. Les rédacteurs et les rédactrices, ses frères et ses sœurs. Henri se disputait sans cesse avec eux. Il s'en trouvait bien. « Je gueule, donc je suis. »

Frénétique, Henri martelait les touches de sa machine, comme si sa vie dépendait de ce papier à terminer.

Il aimait un peu moins se rendre à l'atelier, car les typographes le charriaient beaucoup, se moquaient de ses maquettes approximatives, dessinées sur des feuillets pliés en huit. Henri faisait le gros dos et pestait intérieurement contre « la classe ouvrière ».

Quand il quittait, le plus tard possible, la salle de rédaction, Henri ne manquait jamais de dire à celui qui restait de garde : « Rappelle-moi s'il y a un problème. » Retrouvant la rue Basse-Sauvenière, il retombait dans la solitude.

Je me souviens aussi de Nicole, la téléphoniste de la rédaction.

Cette blonde à lunettes occupait une cabine vitrée et surélevée, tout au fond, derrière l'équipe des sports. De son estrade, elle voyait l'ensemble de la rédaction. Elle avait l'air d'une institutrice surveillant une classe de potaches.

Du matin au soir, Nicole jonglait avec les appels incessants.

Elle couvait du regard ses journalistes. Et, au besoin, elle les couvrait. Elle se faisait la complice de chacun dans les choses du cœur. Elle justifiait les absences. Je l'entendais répondre, avec aplomb : « Votre mari vient juste de sortir, madame… » Or on n'avait pas vu cet oiseau-là de toute la journée.

Après le bouclage, l'un ou l'autre rédacteur rejoignait la téléphoniste, pour lui dire merci et lui donner un baiser, qui la faisait rougir. L'homme s'asseyait à côté d'elle. Et cette cabine devenait un confessionnal. Nicole était la dépositaire de tous les secrets.

Elle souriait au petit porteur de dépêches qui passait devant elle. J'aimais ce sourire.

À l'autre bout de la rédaction, quatre faits-diversiers formaient une garde de choc.

C'était là que bataillait Théophile, un gros homme, tout chauve, porteur de bretelles. Il tapait ses papiers à une vitesse phénoménale, avec un bruit de mitraillette.

Il s'habillait comme un inspecteur de la PJ. Cette tenue lui facilitait la tâche, sur les lieux du crime. Les témoins se lâchaient devant lui. La famille de la victime lui confiait plus vite une photo du défunt.

Je l'entends encore quand il faisait, par téléphone, la tournée des commissariats, de la gendarmerie, du parquet, du poste des sapeurs-pompiers.

« Bonsoir, chef. Ici, c'est Théophile du journal *La Dépêche*. Comment ça se passe depuis tantôt ? Beaucoup d'interventions ?

— Non, rien de bien spécial. Une querelle de voisinage, et puis un couple qui se tapait dessus.

— Merci, chef, bonne nuit. »

Théophile raccrochait et passait au numéro suivant.

« Bonsoir, chef. C'est calme? Eh bien, tant mieux ! J'espère que ça va continuer comme ça. »

Il n'en pensait rien. Non, la soirée n'était pas bonne.

Il aurait tant voulu bondir de sa chaise, endosser son veston, annoncer « un tout gros truc » à son rédac-chef. « Je ne sais pas encore, chef, un triple ou quadruple meurtre. Du tout bon ! Il faut que

Théo… file ! » Quand il partait en reportage, le vieux routier du fait divers nous épargnait rarement ce mauvais calembour. Il alarmait le maquettiste de la locale en lui lâchant, au passage : « Toi, tu vas devoir changer toute la page… Je reviendrai quand je pourrai… Mais ça mérite sans doute l'édition générale. À vous de voir. J'ai l'impression qu'il y a des heures sup dans l'air, les gars. »

Mais ce soir, non… Le calme plat.

« Ah ! c'est vous, monsieur le substitut ? Bonsoir. Vous avez quelque chose pour moi ? »

Théophile prenait des notes. Un pickpocket déféré au parquet... Un petit braquage de pharmacie, juste avant la fermeture. L'arme était factice. La pharmacienne s'était rebiffée. Le malfrat avait filé sans demander son reste.

« Merci, monsieur le substitut. »

Au suivant.

« Bonsoir, chef… Non ? D'accord… »

Et du côté des ambulanciers ? Non. Pas d'accident grave.

Le rédacteur en chef revenait à la charge.

« Théophile, tu as quelque chose pour moi? »

Le gros reporter faisait la moue :

« Hélas, non, chef. C'est mort. »

Cela voulait dire qu'il n'y avait pas de mort violente à signaler.

« Raconte quand même. Je n'ai rien pour la une. »

Théophile racontait.

Si le fait divers présentait un côté piquant, le rédacteur en chef disait : « C'est gentil ! » Il en tirerait peut-être un petit titre en première page. Quand l'affaire sortait de l'ordinaire, son œil s'allumait : « C'est drôle ! »

Dans sa bouche, un crime affreux pouvait être qualifié de « gentil » ou de « drôle ». Question de terminologie.

Boris m'avait narré un haut fait de Théophile…

Un automobiliste est décapité dans un accident sur un passage à niveau, en pleine campagne. C'est la nuit. Les enquêteurs ne retrouvent pas la tête. Notre gros reporter arrive sur place, avec un photographe. Il se met à battre les champs alentour… Il s'exclame : « La voilà, la tête ! » Il la saisit par les cheveux et la rapporte, triomphant, aux enquêteurs.

C'est dire si Théophile ne perdait jamais la tête.

Un matin, comme j'étais entré dans la cage de verre pour apporter une dépêche prioritaire, le chef des informations régionales survint, l'air contrarié. Il avait à annoncer au grand patron la nouvelle défection d'un journaliste. Je crus comprendre que celui-ci avait un sérieux problème d'alcool.

Sans même lever les yeux du titre qu'il était occupé à écrire, le maître après Dieu de *La Dépêche* prononça ces mots :

« Qu'on le tue ! »

Oui, qu'on le jette par-dessus bord… J'avais bien entendu.

Sur quelle galère étaient-ils embarqués, ces rédacteurs condamnés à l'anonymat, commandés par un capitaine misanthrope, génial et démoniaque ?

Cet homme sans nom, sans signature, ce capitaine Nemo était redouté, courtisé, combattu.

Chaque matin, avant d'être pris dans le tourbillon de l'édition, le rédac-chef recevait une série de visiteurs. Des visages connus de la politique, de jolies dames, les deux délégués du puissant syndicat du livre défilaient dans l'antre du lion. L'un de ces syndicalistes ressemblait à Staline. L'autre s'était fait la tête de Trotski : barbiche et lorgnons. Je revois la scène, à travers la cage de verre : Beethoven discutant le coup avec les Soviets.

Parfois ces entrevues du matin devenaient orageuses ; nous entendions des éclats de voix derrière la vitre. Et j'attendais le jour où l'épouse d'un ministre, poussée à bout par une campagne de presse, se présenterait dans la cage de verre, sortirait un revolver de son sac à main et le déchargerait sur notre rédacteur en chef. À la manière de madame Caillaux dans les bureaux du *Figaro.*

Assassiné dans son journal!

Une nouvelle aussi sensationnelle, le *maestro* l'aurait saluée…

« Ça au moins, c'est drôle ! » se serait-il exclamé, avant de rendre l'âme.

Deux anciennes Miss Belgique se promenaient dans la salle de rédaction. Une brune et une blonde. Un peu secrétaires, un peu maquettistes… Nous ne savions pas très bien ce qu'elles faisaient là. Elles non plus. Le rédacteur en chef les avait engagées pour le plaisir des yeux. Il pouvait se permettre ce luxe. *La Dépêche* était une affaire en or, dans les années soixante. L'édition du week-end frôlait les 200 000 exemplaires.

La brune et la blonde étaient les grands oiseaux exotiques de la rédaction.

D'abord, les pin-up papotaient, assises à leur table. D'après ce que je percevais de leur dialogue, il s'agissait d'une actualité futile : un nouveau rouge à lèvres, ce joli tailleur, remarqué dans un étalage…

« Si on travaillait un peu ? » concluaient-elles, en riant. Mais que faire ?

La brune et la blonde se levaient. Elles ondulaient entre les bureaux, frôlaient certains journalistes, les grisaient d'une bouffée de parfum.

Elles étaient de belles semeuses de zizanie et s'en amusaient. Les jeunes reporters en rut s'affrontaient pour elles.

Je me souviens d'un dimanche où la brune s'assit en face de moi, à la table qui était contre la mienne. Elle devait remplacer, sous l'œil du rédac-chef, la maquettiste qui dessinait habituellement la une.

J'observais la brune. Elle faisait la tête d'une collégienne punie de deux heures de retenue. Le *maestro*, debout, l'appelait sans cesse « ma chérie ». Il avait pour elle toutes les indulgences.

La brune inaccessible était si proche… Elle se livra à un jeu subtil avec moi. Ses yeux de biche me cherchaient, m'esquivaient. Il y eut, entre elle et moi, pendant les minutes où elle dessina la une, des échanges furtifs, pleins d'ambiguïté… Instants sans conséquence, promesses en l'air, regards qui en disent long et ne veulent rien dire.

La blouse de la brune était généreusement ouverte. Les femmes ont un sixième sens. Dès que le regard d'un homme se pose sur leur poitrine, elles en sont alertées, même si elles semblent absorbées par toute autre chose. La brune rajustait sa blouse. Bientôt, comme par inadvertance, elle offrait à nouveau ses seins à mes yeux.

Mais je m'égare…

Où en étais-je ? Au collège de nos dix-sept ans.

9

Association de cancres

Au collège, Boris et moi pratiquions la division du travail. Après que le professeur nous eut donné les devoirs à faire, nous nous concertions. Ouvrant le manuel de latin, Boris disait : « Toi, tu traduis jusqu'à cette ligne-là. Je me charge du reste. »

Idem en algèbre : chacun se taperait la moitié des exercices.

Le soir, au cours d'une longue conversation téléphonique, nous échangions les fruits de notre labeur. Chacun dictait à l'autre sa traduction ou ses démonstrations mathématiques.

Ce système dual marchait tout seul pour les maths : pas de problème de raccord. Mais en latin ou en grec, notre devoir était loin d'être fini. Chacun s'attaquait alors au montage des deux morceaux de traduction, en essayant d'éviter une contradiction interne dans le récit, un changement de style à mi-parcours. C'était un exercice complexe. Une mission quasi impossible, qui obligeait à se creuser la cervelle jusque tard dans la nuit. En outre, pour brouiller les pistes, il fallait récrire un peu le tout.

Bref, notre stratagème n'était pas si pratique.

Après Saint-Servais, nous nous sommes inscrits tous les deux en philosophie et lettres, à l'Université de Liège. Là encore, nous allions faire équipe. Boris assistait à une partie des cours. J'assurais les autres. Et nous échangions nos notes.

Au bout de deux ans, j'optai pour l'histoire, tandis que Boris se lança dans une licence en journalisme à l'Université de Bruxelles. J'avais été à deux doigts de le suivre.

Ses études accomplies, Boris fut engagé à *La Dépêche*.

« Je n'en suis pas fier, me dit-il. Jamais je n'aurais imaginé que j'écrirais un jour dans ce journal pro-impérialiste. »

C'était l'époque de la guerre du Vietnam. Aux yeux de la jeunesse, les Américains avaient perdu leur aura. Mais Boris venait de se marier. Il devait gagner sa vie.

Pour ma part, je commençai à travailler à la bibliothèque principale de la ville de Liège.

Au joyeux tohu-bohu des salles de rédaction, j'avais préféré, en fin de compte, le silence religieux des salles de lecture.

Notre association secrète ne s'arrêta pas là. Nous avions un « contrat ».

Les premières années, Boris traita les nouvelles étrangères. Quand un flash tombait à la rédaction – la mort d'une vedette ou d'un grand écrivain –, le journaliste appelait le bibliothécaire à la rescousse. Il n'allait pas se contenter de ponctuer, d'élaguer, de récrire les dépêches fournies par les agences de presse internationales. Son papier serait bien plus documenté, plus personnel.

Boris m'appelait à la bibliothèque et m'annonçait : « Montherlant est mort. Il se serait flingué. Amène-moi des bouquins. Il me faut aussi des infos sur les grands suicidés, genre Sénèque, Néron, Cléopâtre… Mais grouille-toi ! »

À ces mots, je laissais tout en plan, je sortais quelques volumes des trésors de la bibliothèque et je courais les porter à Boris.

L'annonce de la mort d'Alfred Hitchcock tomba à une mauvaise heure dans le déroulement des éditions de *La Dépêche*. En attendant mes livres, Boris avait sélectionné quelques photos dans les archives du journal.

Ce soir-là, pris de court, il me demanda d'écrire la moitié de son papier… Comme au temps des versions latines ! Je m'assis à un bureau, j'installai un rouleau de télex sur une grosse Adler. Et je retraçai la première partie de la biographie de Hitchcock : Londres, le collège jésuite, les films muets, puis les chefs-d'œuvre de la période anglaise, *Les 39 marches*, *Une femme disparaît*.

Je mis le point final au moment du départ du cinéaste pour Hollywood. Entre-temps, Boris avait tapé la suite de l'histoire : de 1939 à 1980. Il porta notre papier fleuve à l'atelier. Il l'avait divisé en une dizaine de feuillets. De la sorte, plusieurs clavistes pourraient le composer de concert.

Le rédacteur en chef vint à passer. Échevelé. Chemise blanche aux manches retroussées, comme toujours. Il cherchait son titre sur Hitchcock. Il questionna Boris. Je l'observais. Ses traits étaient marqués, comme ceux d'un boxeur. Il me parut exténué.

À ma vue, il sourit.

« Voilà notre oiseau de malheur ! »

Il avait reconnu celui qui, à chaque grand décès, se pointait à la rédaction avec une pile de livres dans les mains.

Il me dit : « Depuis quelques années, nous faisons de la merde, on n'arrive plus à rien… » Il ajouta, mystérieusement : « Je suis entouré de traîtres ». Et il partit à l'atelier.

Comme nous quittions le journal, Boris me confia qu'une mutinerie se préparait, dans tous les coins du bâtiment.

Les jours du dictateur de *La Dépêche* étaient comptés.

L'atelier ne participait pas à la conspiration. Les ouvriers d'imprimerie appréciaient ce rédacteur en chef aux allures de savant fou. Après tout, si le canard marchait bien, c'était grâce à lui. Voilà ce qui se disait au marbre.

À la rédaction, Boris était l'un de ses derniers fidèles. Il admirait cet artiste de la presse populaire.

Confronté aux grands événements de l'après-guerre, le rédac-chef s'était montré à la hauteur.

Cet être rusé, calculateur, tablant sur les faiblesses humaines, divisant à plaisir ses chefs de service, se métamorphosait au moment du branle-bas de combat. Alors il se donnait sans compter. Il galvanisait ses hommes.

Les tempêtes grandissaient le vieux capitaine.

Il y a peu, j'ai retrouvé dans mes archives notre nécrologie d'Alfred Hitchcock, écrite à quatre doigts – car nous tapions, Boris et moi, avec deux doigts. La relisant, je n'ai senti aucune rupture de ton.

Nous étions indissociables.

Pourtant, depuis les années 80, nous nous sommes un peu perdus de vue.

Boris ne m'a même pas appelé à l'aide lors de la mort de François Truffaut. Le flash tomba un dimanche soir. C'eût été mon dernier dimanche à *La Dépêche*.

Que reste-t-il de notre amitié ?

Nous nous croisons de loin en loin, par hasard, dans les rues, Liège n'étant jamais qu'un gros village. Alors, nous échangeons quelques mots. Quand il me revoit, il me lance : « Salut, gamin ! » Il m'a toujours considéré comme un gosse. Et, à mes yeux, Boris reste l'adolescent révolté, le collégien aux cheveux bleus.

Pour tout le monde, il est redevenu Philippe. Je suis le seul à lui donner encore son surnom de cancre.

J'ai appris, l'an dernier, que Boris avait été nommé rédacteur en chef de *La Dépêche*.

Je l'ai aperçu il y a quelques jours, dans la rue Saint-Paul. Il pressait le pas. Il avait un téléphone portable collé à l'oreille. Je n'ai pas voulu arrêter sa course.

Ses cheveux sont tout gris.

Eh oui ! Boris devient vieux. Moi aussi, mais je n'en suis pas bien conscient. On ne se voit pas vieillir. On le constate dans le regard d'autrui. Il arrive parfois, dans un autobus bondé, qu'un adolescent se lève pour me céder sa place. Ce garçon-là ne peut pas savoir combien mes émotions ressemblent aux siennes.

Quelle heure est-il ? Midi moins vingt. Je m'arrête au pied de la rue Saint-Gilles. Aux confins du quartier de mon enfance.

Les lycéennes affluent à présent, de toutes parts.

Je décide de rebrousser chemin, de retourner vers les bureaux de *La Dépêche*. Trouverai-je Boris à la rédaction ? Je dois lui parler. J'ai une idée derrière la tête. Elle m'est venue pendant cette promenade. Hâtons-nous.

Je traverse le boulevard d'Avroy. Je coupe au court, par les rues du « Carré ».

Les filles que l'on croise ici, je les trouve, chaque année, plus jolies. Oui, dans ce domaine là, au moins, je constate un progrès. Au temps de ma jeunesse, sur dix filles, une seule me semblait séduisante. Aujourd'hui, c'est la proportion inverse. Les moches se font rares. Les biches courent les rues.

Mais, pour tous ces beaux yeux qui passent, je n'existe pas. Je suis un promeneur invisible. Un monsieur âgé.

Tant pis. Marchons. Le printemps n'est plus très loin. Alors, le spectacle sera permanent dans les rues de Liège.

Je pousse la porte de *La Dépêche*.

10

La cage de verre

Quel silence à la rédaction !

Une dizaine de journalistes sont assis, çà et là, devant leur ordinateur.

Leur travail est feutré. Me suis-je trompé de porte ? Sommes-nous dans un journal ? On se croirait dans une agence bancaire de province. On dirait que ces journalistes ont des chiffres sous les yeux. Pas des mots…

Voilà peut-être les réflexions d'un vieux râleur, plein de regrets pour les choses révolues.

Il n'empêche… Quand je vois un de mes semblables en face d'un ordinateur, l'air soucieux, la main crispée sur la souris qui fait clic, j'ai l'impression qu'il est assujetti à cette machine, tenu en laisse par cette petite souris.

J'aperçois Boris dans sa cage de verre. Quelqu'un est assis en face de lui.

Je feuillette un journal trouvé sur une armoire. J'attends.

Seules les souris bougent.

Boris sort de la cage de verre et reconduit son visiteur.

Il vient à moi.

« Salut, gamin ! Qu'est-ce qui t'amène ?

— Je passais devant *La Dépêche*. Et je me suis dit : si j'allais serrer la pince au nouveau rédacteur en chef ? Je ne t'ai pas encore félicité.

— Il n'y a pas de quoi, tu sais. Viens dans mon bureau. »

« Non, c'est pas la gloire, reprend Boris. Ce boulot n'est pas ce que je croyais. J'ai longtemps rêvé d'être à la barre, de poser les pieds sur cette table… L'attitude désinvolte d'un big boss de la presse. Mon modèle était Orson Welles dans *Citizen Kane*, quand il débarque à l'*Inquirer*, et qu'il essaie toutes les idées qui lui passent par la tête. J'imaginais que le rédacteur en chef était le plus libre de nous tous… Eh bien, mon vieux Ralph, c'est tout le contraire. Le rédacteur en chef se trouve au milieu du jeu de quilles. Tout le monde passe ici pour me solliciter, pour faire pression, pour se plaindre… Les journalistes, la direction, elle-même poussée dans le dos par le conseil d'administration, et puis les politiciens narcissiques… On ne me lâche pas. C'est pire qu'au collège ! J'ai parfois envie de leur dire : " Mais foutez-moi la paix, nom de Dieu ! Après tout, je vous emmerde. " Et puis… »

Boris a un sourire las. Il reprend :

« Nos ventes baissent, lentement, mais inexorablement. C'est pareil pour tous les quotidiens. Depuis que j'ai été engagé à *La Dépêche*, en 1972, la courbe du tirage n'a cessé de fléchir. J'espère que ce n'est pas à cause de moi ! Oui, cette ligne descendante résume ma carrière… Et toi, Ralph, les bibliothèques, ça va ?

— Pas mal. J'aime bien rencontrer des gens et j'aime l'odeur des livres. Ça m'amuse de jouer les entremetteurs, de présenter les uns aux autres. Au début de ma carrière, ça n'allait pas trop. Je manquais d'ordre, de rigueur. "Un livre mal classé est un livre perdu", me disait la collègue qui me formait. Et les livres déclassés, il fallait les retrouver absolument. Aujourd'hui, je suis bibliothécaire en chef. Et mon service est composé de cinq femmes, de tous âges. Ce qui ne me dérange pas. Avec mon épouse et mes deux filles, j'avais déjà une longue pratique d'un environnement féminin.

— Je suppose, Ralph, que tes cinq subordonnées ont pris le pouvoir…

— C'est un peu ça ! Tantôt elles me font la tête. Tantôt elles me font du charme et me chouchoutent. La plupart du temps, elles rient de moi. Cinq femmes imprévisibles. Délicieuses ou exaspérantes, selon les jours.

— Des femmes, quoi !

— Dis donc, Boris, ta salle de rédaction me paraît bien silencieuse. C'est toujours comme ça ?

— Eh oui ! Même l'heure du bouclage ne fait presque pas de vagues. Je trouve aussi que ça manque de vie. On ne s'engueule plus. Les rédactions n'ont plus d'odeur. Les journalistes sont devenus des techniciens. Ils n'ont pas le choix. On leur demande avant tout de se débrouiller sur Internet, d'exploiter vite fait cette documentation toute cuite. Autrefois, les journalistes s'en allaient humer l'air de la ville, écouter ce qui se disait dans les bistrots fréquentés par les flics et les magistrats. Nous avions à nous préoccuper de rencontrer des gens, de trouver une bonne info, de la vérifier, d'en faire un papier clair, percutant et de le donner à l'atelier. Point final. Le reste n'était plus notre affaire.

— Quand les machines à écrire ont-elles disparu de la salle de rédaction ?

— Les dernières ont été mises au rancard en 1989. C'est une date, une révolution dans la presse... Un peu, si tu veux, ce que fut la fin de la navigation à voile dans la marine marchande, ou encore la fin de la cavalerie dans les armées. Quelques vieux journalistes n'ont jamais su s'adapter à l'informatique. Je les comprends. Mon père n'aura rien vu du grand chamboulement. Il est mort avant. Il n'aurait pas aimé. Le reporter cycliste n'aurait jamais voulu se recycler... Tiens, c'est un titre, ça !

— Un peu long.

— C'est vrai. Mon père affectionnait sa machine Underwood. Et celle-ci le lui rendait bien. Elle donnait du punch à ses phrases. Et puis... Tu te souviens de ce gros fait-diversier chauve ?

— Théophile ? Tu parles si je m'en souviens !

— Il a refusé de suivre toute formation. Une seule fois, il a consenti à écrire sur un ordinateur. Il m'a dit : "Allez, d'accord, je veux bien. Installe-moi ça." Théophile a tapé quelques mots. Avec un petit air dégoûté. Puis il s'est levé. Il a mis son veston, son chapeau. Il m'a serré la main. Et il est parti. Je ne l'ai plus jamais revu. Et tu sais ce qu'il avait tapé ? Je te le donne en mille. Il avait écrit : *J'emmerde l'informatique ! Théo… file !*»

« Comment ça se passe à l'atelier ?

— L'atelier ? Mais il n'y a plus d'atelier depuis longtemps, Ralph ! Plus rien. Tout est vide, là-bas. L'atelier est dans la rédaction. Et inversement. On confond les genres. Les beaux métiers du livre sont des métiers perdus. Tu sais, nous allons déménager cette année. Le siège historique du boulevard de la Sauvenière est bien trop grand pour nous, désormais. Le bâtiment se dégrade, de toutes parts. Il prend l'eau. Il craque. On voit des pigeons voleter dans les escaliers. Je suppose que des vitres sont cassées, aux étages où plus personne ne va. Et j'imagine que, la nuit, des centaines de fantômes déambulent dans les couloirs… Tous ces gens avec qui j'ai travaillé, ceux du marbre et ceux de la rédaction, tous ceux que j'ai côtoyés, les clavistes, les photograveurs et les rotativistes…

Il y avait aussi Cornelius Farouk, le "soiriste", le chronique mondain. Un petit homme à la moustache grise, qui allait de fête en fête. Toujours chic, toujours entre deux vins d'honneur, entre deux verres de l'amitié… Et puis nous avions les gentilles cantinières du cinquième étage, qui recueillaient nos confidences, qui savaient par cœur les goûts de chacun… Tous ces visages évanouis… Je ne regrette rien, Ralph. J'ai vécu ici des années formidables. Mais je me demande si je ne vais pas démissionner.

— Tu serais le dernier capitaine du vieux paquebot…

— Oui, peut-être. Ce n'était pas le bon moment pour devenir rédacteur en chef.

— Dis, Boris, est-ce que je peux fumer ?

— Non, non, surtout pas ! Tu te ferais tuer… Bon. Parlons d'autre chose. Tu m'as l'air tracassé, Ralph. Qu'est-ce qui ne va pas ?

— L'inquiétude est mon état normal. Tu sais pourquoi ? Pendant les deux mois qui ont précédé ma naissance, il y a eu à Liège une ambiance très particulière. Le grand suspense des robots. Certains jours, plus de cent alertes… Ma maman a vécu d'alerte en alerte… Jusqu'à celle de l'accouchement. Alors moi, tu comprends, je suis né anxieux… En fait, Boris, voilà ce qui m'amène : j'ai une idée à te proposer pour ton canard, une série d'articles.

— Une idée ? J'en ai essayé beaucoup, des idées. Dis toujours… »

11

Aux archives

Il marche, le rédacteur en chef. Il marche à fond !

J'ai jeté sur son ordinateur les quelques phrases que j'avais mentalement formées. Elles paraîtront demain.

Boris m'a dit :

« Il faut une illustration, pour accrocher le regard du lecteur. Nous avons de beaux documents. Tu vas aux archives. Tu ouvres l'armoire aux gros dossiers. Tu prends celui de 40-45. Il y a plein de vieilles photos là-dedans. Tu en choisis quatre ou cinq, bien évocatrices. Et tu les déposes sur mon bureau. D'accord ? Moi, je dois filer, j'ai rendez-vous avec un publicitaire. La poisse ! Tiens, voici la clé de la salle des archives. Tu sais encore où elle se trouve ?

— Bien sûr. J'aimais cet endroit.

— Nous n'y allons presque plus jamais. Nous utilisons des archives informatiques. Le virtuel, il n'y a que cela de vrai ! Enfin, c'est ce qu'on dit aujourd'hui. Ralph, ton idée de série est intéressante. Mais je n'ai personne pour la réaliser. Je t'engage. N'avais-tu pas rêvé d'être journaliste ? Tu seras, en quelque sorte, *notre envoyé spécial dans le passé*… Oui, voilà ce que j'écrirai à la une pour lancer ta série.

— Boris, c'est extra ! La fine équipe se reforme.

— Quelle équipe ?

— La nôtre, pardi ! Les deux surdoués.

— Sauf que, cette fois-ci, ne compte pas sur moi pour faire la moitié du travail. »

Je me précipite aux archives.

Au troisième étage, face à l'ascenseur, j'ouvre la porte en verre dépoli. J'entre et je retrouve cette chère odeur, ce parfum de vieux livres, qui m'attire depuis toujours.

La pièce est sombre, étroite et longue. Toute en hauteur.

Les collections intégrales de *La Dépêche* – de 1856 à nos jours – tapissent les murs, jusqu'au plafond. Toutes ces années rassemblées me font tourner la tête. Tant de chemins s'ouvrent ici, tant de promenades dans le passé…

On dispose d'un escabeau pour atteindre les volumes les plus anciens, les plus poussiéreux, aux pages jaunies, si fragiles.

Ces collections comportent deux hiatus. Les années 14-18. *La Dépêche* s'était repliée en France. Et les années 40-44. Là encore, *La Dépêche* a cessé de paraître. Un journal collaborateur s'était installé dans ses locaux. Il s'appelait *La Légia* – du nom de ce ruisseau dont le cours est aujourd'hui souterrain.

J'ouvre le volume du deuxième trimestre 1944. Voyons ce qui s'y écrivait dans les jours qui suivirent le débarquement de Normandie: «Les forces du IIIe Reich résistent victorieusement à l'invasion…»

Le 2 septembre 1944, les rédacteurs collabos quittaient précipitamment le bateau maudit.

Revoici *La Dépêche*.

Les numéros de la Libération consistent en une seule feuille, imprimée recto verso. Il y avait alors des restrictions de papier. Le rationnement était de rigueur dans tous les domaines.

Ces textes sont d'une violence extrême. Les pamphlets antiallemands succèdent aux mensonges de la presse «embochée».

«Boches»: ce mot revient à tous les coins de phrase. «Inciviques»: ce terme entame sa carrière dans les journaux. L'heure de la vengeance a sonné.

Je remets le volume à sa place. «Tout livre mal classé est un livre perdu…» Et je sors le recueil suivant: le temps des V1 et des V2. *La Dépêche* ne dit rien du martyre de Liège. Car la censure américaine a interdit de publier quelque information que ce soit susceptible de renseigner l'ennemi sur les effets et la précision de ses tirs.

Je m'attarderais volontiers dans cette chapelle dédiée au passé. J'ouvrirais certains volumes, je reprendrais certains chemins, je humerais l'odeur poignante du papier jauni.

Dans les collections de 1962, en cherchant bien, je retrouverais peut-être les premières « brèves » tapées par Boris pour l'édition nuit… À moins qu'elles n'aient sauté dans l'édition matin.

Je relirais les envolées lyriques de Victor Guerrier.

Mais pas aujourd'hui.

Je cherche des photos dans le dossier 40-45.

12

L'appel

Le lendemain matin, j'ai ouvert *La Dépêche* d'une main fiévreuse. Voilà mon entrefilet, assez bien placé. Le titre aurait pu être plus gros : *Racontez-nous tous vos souvenirs de la Libération !* En guise d'illustration, Boris a retenu la photo d'une fillette blonde, juchée sur un tank Sherman ; deux Américains casqués lui sourient. Il a bien choisi. C'est encore mieux que le baiser fougueux donné par une Liégeoise à un G.I. Mieux que la foule amassée sur la place Saint-Lambert ou le char étoilé au pied de la statue de Charlemagne…

Au mois de septembre prochain, nous allons célébrer les soixante ans de la Libération de Liège.

En 1944, vous étiez des enfants ou des jeunes gens. Vous avez vu l'arrivée triomphale des chars américains dans la Cité Ardente, le 7 septembre, jour de la Libération. Vos souvenirs sont des témoignages irremplaçables pour l'Histoire. Racontez-les.

Soixante ans après, La Dépêche *va évoquer la Libération, à travers vos histoires, vos anecdotes, vos photos.*

Merci de prendre contact avec Ralph Demy, au journal…

Boris ne doute de rien ! Il a indiqué mon nom et m'attribue une ligne directe au journal. J'ai même une adresse électronique personnelle. À la fin, il enfonce le clou : *Appelez-moi vite ! Je suis à l'écoute. Écrivez, passez me voir à la rédaction.*

Me voilà embarqué sur *La Dépêche.*

L'idée de cette croisière m'amuse. Je vais prendre un congé à la bibliothèque, demander une permission de quelques jours à mes cinq femmes.

Deux jours après la parution de mon appel, j'arrive au journal en fin de matinée.

Je croise Boris à la rédaction.

Il me lance :

« Ah ! te voilà ! Mais qu'est-ce que tu foutais ? On t'attend ! Le téléphone n'arrête pas de sonner pour toi. Hier, déjà, plus de vingt lecteurs et lectrices t'ont appelé. C'est infernal ! C'est génial ! Ils ont réagi au quart de tour ! »

Boris désigne une table, au fond de la salle. Là où jadis officiait le gros Théophile.

« Ralph, voilà ta place, désormais. Ton ordinateur. Tu as du boulot, mon vieux. On t'a réservé une page pour l'édition de demain.

— Toute une page ? Tu es fou ! »

Je m'assieds. Plusieurs *post-it* sont collés sur l'écran : des lecteurs ont laissé leurs coordonnées.

Mon téléphone sonne. Je décroche. C'est parti.

« J'avais douze ans en 1944. Et je vais vous en raconter une bien bonne…

— Je vous écoute.

— Nous étions une bande de gamins de Vaux-sous-Chèvremont. Nous montions à Embourg, nous rôdions aux abords d'un cantonnement américain. Un jour, nous sommes entrés dans un camion et nous avons chipé une caisse, très légère. Nous sommes redescendus à Vaux, jusqu'aux baraquements du charbonnage Fond Piquette. Nous avons ouvert la caisse. Elle contenait cinq mille préservatifs. »

J'entends rire le vieux monsieur.

« Nous étions innocents. Nous ne savions pas du tout à quoi servaient ces petits trucs ronds, en caoutchouc. Au milieu des baraquements, il y avait un lavoir. Nous remplissions d'eau les petits sachets, jusqu'à ce qu'ils éclatent. On les liait, on en faisait des ballons. Mon père nous a obligés à remettre la caisse à sa place, dans ce camion. Papa avait déjà six enfants. Je le soupçonne d'avoir gardé pour lui un stock de capotes.

— Ne parlez pas si vite, s'il vous plaît, monsieur. Je prends des notes.

— J'ai fini, fait le vieil homme. Cinq mille capotes ! Cinq mille coups ! Vous vous rendez compte ? »

Et il rit de plus belle.

« Bonjour, madame…

— Bonjour, monsieur. Je m'appelle Georgette.

— Quel âge aviez-vous en septembre 1944 ?

— Seize ans. J'étais très grande, déjà. Un soir, un soldat américain est venu souper à la maison. Il s'appelait Mervyn. Il venait de Detroit, dans le Michigan. C'était un garçon très souriant. Et alors…

— Oui ?

— Il m'a pris la main, sous la table. Il l'a gardée. J'étais bouleversée… Ma mère a fini par découvrir nos doigts noués. Elle a eu peur pour moi. Elle n'a plus voulu recevoir l'Américain. Je ne l'ai plus jamais revu. »

La vieille dame se tait. Puis :

« Mervyn était très grand. Nous allions bien ensemble. Je suis sûre que c'était l'homme de ma vie. »

Soudain, Georgette raccroche.

Qu'est-ce qui l'a poussée à m'appeler, soixante ans plus tard, pour me raconter son idylle mort-née, cette main masculine serrée, caressée en cachette, un seul soir ? Pourquoi a-t-elle confié à un inconnu son éternel regret ?

J'ai noté son numéro. Je la rappelle… La vieille dame ne décroche pas. Tout est dit…

« Allô ? »

Encore une voix de femme. Un nom slave.

« Je suis d'origine polonaise. Mes parents sont arrivés à Liège en 1941. Mon père a été arrêté. Il est mort à Auschwitz. »

Elle a dit cela d'un ton tranquille, comme si Auschwitz était un nom anodin. Elle poursuit :

« Nous n'avions plus rien à manger, maman et moi. Nous vivions dans une cave, chez un médecin généraliste du quartier du Nord. J'avais douze ans en 1944. Le 8 septembre, deux tanks sont arrivés rue Saint-Thomas, près de la prison Saint-Léonard. Il y avait foule autour d'eux. Nous sommes sorties de la cave, maman et moi. Je me suis approchée du premier tank. Maman m'a crié, en polonais : "Martha, Martha, fais attention !" Alors, un Américain me fait signe, avec son doigt, de venir près de lui. J'ai peur, mais j'y vais. Voilà qu'il me parle en polonais ! Je lui réponds de même. Et toutes mes petites amies autour de moi sont épatées, car elles croient que nous causons en américain… C'était un G.I. d'origine polonaise. Il avait entendu ma mère crier après moi… J'étais tellement fière ! Ce fut le plus beau jour de ma vie ! »

« Allô ? Je voudrais parler à monsieur Ralph Demy… »

La voix est juvénile.

« C'est vous ? Bonjour. Je m'appelle Jeanne Février… Je vous téléphone de la part de mon arrière-grand-père, au sujet des souvenirs de la Libération… »

Je ne devais pas oublier cette voix…

13

Les enfants de septembre

« Une jeune fille est passée pour vous », me dit la réceptionniste de *La Dépêche*.

— Une jeune fille ?

— Oui. Une jolie rousse. Elle est arrivée à vélo. Elle vous a attendu un bon quart d'heure. Elle vient de partir.

— Son nom ?

— Elle n'a l'a pas donné.

— Que voulait-elle ?

— Vous parler de la guerre, je suppose. Comme tout le monde ! Elle portait un long étui, attaché au dos. Sans doute un instrument de musique. »

S'agit-il de cette Jeanne Février, qui m'avait téléphoné dès le premier jour ? Son appel avait tourné court.

Voilà plus d'une semaine que je suis assailli de coups de fil à la rédaction. Des lecteurs âgés souhaitent me rencontrer très vite, comme s'ils n'attendaient que cela : être interviewés sur les souvenirs de leur enfance. Et, chaque matin, je trouve plusieurs lettres déposées sur ma table. Une dame, en préambule, me demande d'excuser sa « vieille écriture ». Une autre avoue : « Ma main tremble sur le papier quand j'évoque ces choses-là. » Mais c'est presque toujours bien lisible, souvent même calligraphié. Les fautes d'orthographe sont exceptionnelles. On sent que de grands instituteurs, inflexibles, sont passés dans la vie de ces gens-là.

Le feuilleton de la Libération a du succès. Une page chaque jour. Boris est content. À la une, il titre souvent sur mes papiers.

Les documents publiés suscitent des réactions. Simone – « abonnée depuis toujours à *La Dépêche* » – a cru se reconnaître sur la photo de la fillette blonde juchée au sommet d'un Sherman. Gaby s'est retrouvée, jeune fille, dansant la farandole en pleine rue. Et la photo de ce groupe de résistants, en armes, a ému un lecteur : « Mon père, décédé depuis bien longtemps, est parmi eux. »

Une dame a identifié son frère – disparu, lui aussi – dans l'évocation d'un jeune Juif qui, le soir du 7 septembre, descend la rue Haute-Sauvenière pour se rendre dans le centre. Il est livide. L'étoile jaune qu'il porte encore sur son manteau étonne les passants. Ce jeune homme vient de surgir des catacombes. Il se cachait depuis des mois dans une maison du quartier Sainte-Marguerite.

Je reçois un message électronique de l'île Bizard, au Québec :

«J'habitais Saint-Nicolas, près de Liège, écrit Roger. Pour nous, l'événement marquant de la Libération s'est passé deux jours avant. Tout d'un coup le bruit se répand : "Des Allemands en retraite remontent la rue Ferdinand-Nicolay. Cachez vos vélos ! "

Mon père et ma mère prennent nos deux vélos pour aller les mettre à l'abri dans la cachette préparée au fond du jardin. Ils allaient y arriver quand, tout à coup :

"*Halt !* "

Mes parents se retournent : deux gamins en uniforme, guère plus âgés que moi, les mettent en joue.

Ma mère, assez bonne germanophone, a la présence d'esprit de leur dire :

"*Aber der Krieg ist aus !*" (Mais la guerre est finie.)

L'un se tourne vers l'autre :

"*Fritz, der Krieg ist aus !*"

Et ils repartent en gambadant de joie.»

Joseph se rappelle :

«Les Américains sont arrivés à pas de loup... J'ai vu les premiers libérateurs descendre la grand-rue de Lanaye, mon village. Le fusil mitrailleur pointé vers les maisons, ils avançaient lentement, sur leurs semelles de caoutchouc. Et leur démarche silencieuse nous changeait du bruit des bottes à clous martelant le pavé. Les G.I's entraient dans les maisons, inspectaient les caves, pour s'assurer qu'aucun Allemand ne s'y cachait. Ils faisaient soigneusement leur travail de soldat. J'étais fasciné, comme tous les enfants du village. Les grandes personnes pleuraient de joie. »

Mes blocs-notes se remplissent.

Jour après jour, je restitue pour les lecteurs de *La Dépêche* « la petite histoire de la Libération », telle qu'elle m'est rapportée. Cependant, au rythme où les témoins défilent, les colonnes du journal vont déborder. Jamais nous ne pourrons tout publier.

Les souvenirs de mes aînés, que je ne cesse de transcrire, deviennent un peu les miens. Ils me sont donnés de bon cœur. Une sorte de *transfusion de souvenirs* s'opère.

À présent, j'ai l'impression d'avoir vécu cette allégresse immense et ces émerveillements. Et je me dis : je suis moi aussi un enfant de septembre.

Je commence à mieux comprendre les événements extraordinaires de cette fin d'été.

C'est la 3e division blindée américaine qui a libéré toutes les villes wallonnes, de Mons à Eupen. À sa tête : un général juif, Maurice Rose, fils et petit-fils de rabbins originaires de Pologne.

La progression à travers la Belgique a été rapide, irrésistible. Beaucoup de ces soldats vainqueurs ne connaissaient même pas l'existence du petit pays qu'ils délivraient. Ils avaient quitté la France. Ils n'étaient pas encore en Allemagne. Quel était donc ce peuple qui les acclamait ?

Les blindés du général Rose se scindèrent en deux groupes, qui firent mouvement de part et d'autre de la Meuse, afin de prendre Liège en tenailles. Le *Combat Command A* descendit des hauteurs d'Ans. Il atteignit le quartier Sainte-Marguerite le 7 septembre, en début d'après-midi. Le même jour, le *Combat Command B* surgissait des collines d'Embourg. Les hommes de la 1re division d'infanterie – la *Big Red One*, division connue pour son mordant – suivaient les blindés.

On me dit qu'un soleil radieux régna dans les rues de Liège, ces jours-là. La météo elle-même avait bien fait les choses.

Quelques combats, ici et là. Mais pas de grande bataille de rues. Liège ne fut pas Stalingrad.

Pourtant, il y eut un carnage, le premier jour.

À l'entrée de la ville, dans un endroit névralgique du quartier Sainte-Marguerite, appelé le carrefour Fontainebleau, les Allemands mirent en place un petit tank « Goliath » téléguidé. Ils voulaient entraver la progression des chars américains. Plusieurs dizaines de personnes faisaient la queue devant une boulangerie située à ce carrefour…

Lambertine, une dame de 80 ans que je rencontre au journal, habitait ce quartier de l'Ouest. Elle était jeune maman. Elle se trouvait dans cette file…

Écoutons son récit :

«Ce jeudi-là, entre quatorze et quinze heures, j'attendais mon tour devant la boulangerie Humblet. Un homme à vélo, qui venait d'Alleur, nous conseilla de ne pas rester là, car les Américains commençaient à descendre des hauteurs d'Ans. Les gens hésitèrent. Ils n'avaient pas envie de perdre leur place pour le pain. Mon mari arriva au même instant, afin de me relayer dans la file. Il me demanda de rentrer à la maison et de reprendre notre petite fille de onze mois, qu'il avait laissée chez une voisine. Lui-même renonça à attendre son tour devant la boulangerie. Nous étions à peine rentrés chez nous qu'une formidable déflagration ébranla la maison, faisant voler les vitres en éclats, démolissant de nombreux immeubles voisins. Le tank Goliath venait d'exploser.»

On dénombra 98 tués.

Partout ailleurs, l'allégresse montait. La ville se transfigurait.

Un seul cri dans les rues, relayé de groupe en groupe :

« Les Américains sont là ! »

Raymond, dix ans, eut l'éblouissement de sa vie. Soixante ans plus tard, il raconte :

« Dans un fracas assourdissant de moteurs tournant à plein régime et de chenilles cliquetant sur le pavé, un blindé Sherman entra dans le carrefour Basse-Chaussée. Il était en tête d'une colonne composée d'autres chars, de camions et de jeeps.

Comme par enchantement, des dizaines de petits drapeaux américains et anglais, dissimulés sous les vêtements, s'agitèrent dans toutes les mains. La rue de Hesbaye, ma rue, était en fête. Aux cris de la foule, les soldats répondaient par des signes de la main. Les plus audacieux d'entre nous essayaient de grimper sur les véhicules pour toucher ces soldats venus de tellement loin. En un clin d'œil, toutes les façades s'étaient garnies de drapeaux alliés, que les familles avaient bricolés en secret, depuis plusieurs jours. Le drapeau soviétique était le plus difficile à faire, à cause de la faucille et du marteau.

Avec mon père et mon frère aîné, je suis descendu dans le centre. La place Saint-Lambert était noire de monde. Nous sommes restés un moment en bordure du square Notger, face à l'aile du palais qui abrite actuellement le gouvernement provincial. Vous savez peut-être que la *Kommandantur* s'était installée dans une partie des locaux du palais de justice. Et les Liégeois l'avaient dès lors surnommé "le palais d'injustice".

La foule, qui avait envahi les étages, lançait par les fenêtres des documents abandonnés par les Allemands, ainsi que des photos d'Adolf Hitler et des dignitaires du Reich. »

Ce soir-là, le petit Raymond alla au cinéma. L'exploitant du Mariza, la salle de son quartier, avait gardé pendant toute la guerre une copie d'un film américain en technicolor, *Hurricane.* « La belle actrice Dorothy Lamour y ondulait, au son de la musique des îles », se souvient Raymond.

À quoi songeait-il, le petit Raymond, en s'endormant cette nuit-là ? Quel film se repassait-il ? Celui de Dorothy Lamour ? Ou revoyait-il le blindé Sherman dans le carrefour Basse-Chaussée ?

Il dormit d'un profond sommeil. La journée avait été bien remplie.

Le lendemain, Raymond courut avec son grand frère vers les campagnes, sur les hauteurs d'Ans.

« À cette époque, en face de l'église d'Ans, ce n'étaient que champs et prairies, à perte de vue. Nous avions appris que le gros des éléments de la 3e division blindée américaine stationnait là-haut. Mon frère a demandé à nos deux cousines (seize et dix-sept ans) de nous accompagner. Il pensait que leur présence faciliterait les contacts. Ce n'était pas bête. »

Au bout d'un chemin de campagne, Raymond découvrit un autre monde…

« Des centaines de véhicules militaires étaient regroupés là. Et une multitude de soldats. Ils allaient et venaient, discutaient entre eux, lavaient leur linge avec les moyens du bord ou simplement se reposaient, étendus dans l'herbe.

Quand ils nous ont vus déboucher dans leur sanctuaire, les G.I's ont lancé des cris, des sifflements, des *Come on mademoiselle!* Nous avons été accueillis comme des ambassadeurs.

Mes cousines ont été très entourées. Moi, considéré comme le petit frère de ces belles demoiselles, j'ai été comblé de chocolats et de candies. Mes poches débordaient.

Guidé par mon odorat, j'ai marché vers un feu de bois, allumé entre un Sherman et un half-track. Dans une grande poêle, un G.I. faisait frire du lard. Ce fumet m'avait attiré comme une lampe à pétrole attire un papillon de nuit. Quand le lard a été à point, le G.I. y a versé le contenu d'une grosse boîte de *beans in tomato*. Son regard s'est porté sur moi. Il m'a fait signe d'approcher, en me montrant une gamelle... Je n'ai jamais rien mangé d'aussi bon.

Non loin de là, des soldats jouaient au lancer de couteau. La cible était un paquet de cigarettes vide, épinglé sur une planche de bois dressée contre un véhicule. Cela parlait et riait fort.

Et puis j'ai vu un géant. Il portait une ceinture de cow-boy, avec, dans la gaine, un revolver à crosse de nacre. Il mâchonnait un gros cigare. Ses copains l'avaient surnommé Bulldog. Il venait du Texas. Aujourd'hui encore, je l'ai devant les yeux.

Soudain le ronronnement d'un moteur d'avion a mis fin aux diverses distractions. Tous les regards se sont pointés vers le ciel. C'était un petit monoplan d'observation. Quelqu'un a crié : *It's a german !* Un G.I. m'a empoigné et poussé sous un camion. Tout le monde tirait. Un déluge de feu et de fumée, pendant quelques secondes. Et puis le ciel est redevenu bleu. Le petit avion avait disparu.

Lorsque nous sommes rentrés à la maison, tout fiers, nous avons étalé sur la table de la cuisine les cadeaux reçus.

Cela allait de la "ration K" à la boîte de Spam, viande cuite, en passant par les paquets de chocolat noir, enveloppés dans des boîtes en carton recouvertes de bougie afin de les protéger de l'eau. Pour le reste, nous avions des boîtes de jaunes d'œufs en poudre, des bonbons, du chewing-gum et des cigarettes. »

Un autre gamin de Liège rapporta ce soir-là un trophée du grand bivouac américain.

Il m'écrit :

« J'ai conservé comme une relique le badge triangulaire de la 3e division blindée, décousu de l'épaule du blouson d'un soldat. Je n'ai jamais oublié le nom de ce soldat : Aldo Andreali. »

Le premier Américain…

La plupart des témoignages tournent autour de ce thème. On ne connaissait pas cet uniforme, ce casque arrondi, et cet emblème, cette étoile blanche à cinq branches, profilée sur tous les véhicules militaires. L'emblème de la liberté.

Ces jeunes soldats souriants apparurent, dans la lumière dorée de septembre, comme des demidieux. Ils distribuaient à de pauvres gens, tyrannisés depuis quatre ans, la joie de vivre.

Les G.I's étaient eux-mêmes stupéfaits. Dépassés par leur succès. Des fils de fermiers du Middle West étaient acclamés autant que des stars.

Et ces soldats noirs ! Ces Noirs dont la vie n'était pas facile ni toujours heureuse dans leurs États d'Amérique, les voilà accueillis en héros par tous ces Blancs. Ils n'étaient plus des parias. Ils s'étaient mis à rêver…

Jacqueline était une jeune fille de Bressoux. Elle se souvient :

« Ma chère maman avait cueilli pour moi un bouquet de roses de son jardin. Et j'attendais, appuyée à un muret en face de la maison, pour les voir la première. Et enfin je les vis. Les G.I's avançaient en rang, fusil au poing, au-devant de leurs chars. Je tendis les roses au premier qui arrivait de mon côté. C'était un beau gars. Après un vibrant *thank you* et un magnifique sourire, il plaça mon bouquet sous sa bandoulière, sur son cœur. »

Jenny :

« J'habitais Vivegnis. Nous avons vu les Américains monter vers notre village. Les soldats marchaient en file indienne dans la rigole, de part et d'autre d'une colonne de camions. Nous avons crié *Welcome ! Hello, boys !* Les seuls mots anglais que nous connaissions. Nous n'avions pas grand-chose. Nous le leur donnions. Au passage, nous leur lancions les poires et les tomates mûres du jardin. Les Américains étaient ravis. Ils adoraient les tomates. En riant, ils les attrapaient au vol et aussitôt y mordaient. »

Soudain, en cette fin d'été, les filles devinrent folles.

Comme cela arrive en de telles circonstances, beaucoup offrirent à ces soldats glorieux bien plus que leur amitié.

Un Liégeois qui avait vingt ans en 1944 me glisse, avec un clin d'œil : « À partir du 7 septembre, nous n'avons plus existé pour elles ! Fini ! »

Christian habitait l'élégant quartier des Terrasses à Liège. La maison familiale se trouvait à côté d'un hôtel de maître réquisitionné par la *Geheime Feldpolizei*, la police secrète militaire.

« C'était la maison du diable, dit Christian. Pendant toute la guerre, nous avons vu des tractions avant Citroën y amener, pour interrogatoire, des résistants prisonniers. Nous avons entendu à plusieurs reprises les cris de résistants que la GFP torturait. Parfois une fenêtre du premier étage s'ouvrait brusquement. Une chemise et une cravate étaient projetées dans la rue.

Début septembre 1944, des Allemands en civil ont brûlé une énorme quantité de dossiers dans le jardin à côté du nôtre.

Le matin du 8 septembre, ma sœur aînée nous a annoncé que les Américains étaient au boulevard d'Avroy.

Nous y sommes allés aussitôt et nous avons vu quelques half-tracks stationnés près de la statue de Charlemagne.

En outre, trois tanks Sherman étaient parqués sous les grands platanes qui existent encore aujourd'hui. Des mains reconnaissantes avaient écrit à la craie, sur chacun d'eux : *THANK YOU*. Et je me demandais pourquoi les Américains appelaient tous leurs tanks *YOU*. »

L'Amérique a-t-elle jamais été aussi grande, aussi noble, aussi rayonnante qu'en ce temps-là ?

Tous ces soldats porteurs d'espérance… Ces hommes de l'aube.

Le géant noir, l'*Americano* qui fascine, amuse et gâte les enfants d'un village de Sicile, rassemblés autour de lui… Le Ranger qui émerge des flots ensanglantés, à Omaha Beach… Le G.I. de 1945 qui, parvenu au cœur des ténèbres d'un camp de concentration, recueille dans ses bras un être squelettique, au crâne rasé…

Et puis, dans une lettre reçue au journal, cette phrase :

« Mes premiers Américains furent des soldats morts… »

Pierre me décrit la vision tragique qu'il a eue à l'âge de quatorze ans. C'était sur les bords de la Meuse, mais en amont de Liège : dans la région de Dinant. Et c'était avant le 7 septembre.

Il raconte :

« Avec mes copains, j'ai traversé la Meuse par l'écluse de Lustin pour gagner Rivière, sur la rive gauche, où devaient se trouver les Américains.

Nous nous sommes engagés sur un chemin qui allait du fleuve jusqu'à la grand-rue du village.

Ce fut l'horreur.

Plusieurs soldats américains tués étaient étendus sur le sol. Les petites embarcations qu'ils comptaient utiliser pour tenter de traverser le fleuve étaient abandonnées à côté d'eux.

Cette image est à jamais gravée dans ma mémoire.

L'Amérique restera toujours, pour moi, cette vision.

Soldats tués dans un village inconnu, près d'un fleuve qui ne leur évoquait rien, dans un pays si petit qu'il se dérobait sous le doigt parcourant la carte...

L'un d'eux m'a marqué.

Il est toujours là, devant moi. Déjà bleui, couché sur le dos, les bras pliés sur la poitrine, les doigts crispés pour enserrer un signe de vie, les jambes ramassées sur le ventre.

Il avait dû mourir difficilement, après de longues souffrances, seul. Son attitude figée ne trompait pas.

Il était là, couché comme un enfant, dans la même position que, petit bébé, sa maman le déposait dans son berceau, vingt ans plus tôt. »

14

Tu te souviens de ça ?

C'est une armée généreuse. Une pluie d'abondance tombe du haut des chars étoilés.

« Les véhicules américains formaient comme un cortège de la Saint-Nicolas… » se souvient cette dame souriante. « Un soldat noir m'a lancé une orange. C'était la première fois que je voyais un Noir. Et c'était la première orange de ma vie… »

Émile, un autre témoin, me parle des bonbons acidulés Life Savers, en forme de bouées de sauvetage. Et des chewing-gums… Les Wrigleys, les Dentyne… « Surtout, n'avalez pas ces machins-là, les enfants ! » entendait-on à la maison.

« Le soir, avant d'aller dormir, raconte Émile, je trempais ma grosse boule de chewing-gum dans un verre d'eau, comme ma grand-mère faisait avec son dentier. Le lendemain, au réveil, je la remettais en bouche. »

Raymond affirme devant moi : « Je donnerais dix ans de ma vie pour revivre ces journées-là. »

Cet homme aux cheveux blancs, coupés court, ancien inspecteur de la police judiciaire, je l'interviewe pour la seconde fois. Il est intarissable. Il a épinglé sur son veston un petit drapeau des États-Unis… Encore un fou d'Amérique. J'en rencontre beaucoup, dans cette génération.

Raymond parle lentement, à la liégeoise. Et c'est le petit garçon de la rue de Hesbaye qui s'exprime. Celui qui vient de découvrir l'ondulante Dorothy Lamour dans un cinéma de son quartier.

À partir du 7 septembre, sa vie de tous les jours a pris la tournure d'un film d'aventures.

Il se rappelle :

« J'ai eu deux grands amis parmi les G.I's : Ray Way, de Columbus, dans l'Ohio, et Ronnie Brulls, originaire de Chicago, où il exerçait la profession de détective privé.

À Ans, il y avait une mare où nous allions aux grenouilles, où nous faisions des joutes nautiques sur un assemblage de vieilles planches.

Nous avons invité Ray et Ronnie à venir nous voir à l'œuvre. Ils ont trouvé la chose très amusante et nous ont promis de l'améliorer. Ils ont vidé dans le caniveau le contenu de plusieurs jerrycans d'essence. Les bidons attachés les uns aux autres formaient des radeaux sensationnels. Et les deux G.I's ont joué avec nous dans la mare. »

Les enfants de septembre ne reconnaissaient plus leurs parents.

«Jusqu'à ce jour-là, raconte Arlette, mon père et ma mère étaient crispés, continuellement inquiets. Ils se méfiaient des voisins. Ils ne parlaient plus. Le pain qu'ils déposaient sur notre table était une infâme bouillie brune, délivrée contre des timbres de ravitaillement. Pour nous donner un peu plus à manger, papa glanait quelques patates dans les champs des environs.»

Et voilà que les parents riaient aux éclats, qu'ils dansaient dans la rue, avec tout le monde!

Ils étaient libres. Ils étaient redevenus eux-mêmes.

Mais, dans le camp des grandes personnes, ce fut aussi le temps des règlements de comptes.

Ce vieux critique d'art, que j'ai déjà rencontré maintes fois à la bibliothèque, est assis devant moi.

«Je vais, dit-il, vous raconter une histoire qui m'a beaucoup marqué. Nous étions le 7 septembre et j'avais, comme beaucoup d'autres, rallié le centre de la ville.

C'est alors que j'ai vu passer René Dombret, un jeune peintre, à peu près de mon âge et qui commençait une carrière prometteuse. Entouré de civils en armes, Dombret était blême et menotté. Une pancarte avait été accrochée à son dos, sur laquelle on pouvait lire: "Comme mon maître, je ne suis qu'un barbouilleur."

Vous vous souvenez certainement que Hitler voulait être peintre, avant de devenir ce qu'il fut.

Autour d'eux la foule regardait la scène en riant ou lançait des injures.

Dombret était un des peintres les plus doués et les plus originaux de cette génération.

Aucune charge n'ayant été retenue contre lui, il fut relâché. Mais il se suicida.

On commence à le redécouvrir. »

Il y a de tout, dans cette foule en liesse, qui se rassemble sur la place Saint-Lambert. Il y a aussi des îlots de malheur. On voit des jeunes femmes tondues par des mains vengeresses, parce qu'elles ont commis le crime d'aimer un ennemi, un vaincu. Et voici, protégés par des gendarmes, un groupe de « collabos ». Ils ont été à deux doigts d'être lynchés. Leur visage est tuméfié, leur regard plein de terreur. On les embarque dans un camion.

Les conduit-on à la prison Saint-Léonard, dont ils seront les nouveaux occupants ?

J'écoute Jean, qui habitait en face de cette prison…

« Le 7 septembre, en début d'après-midi, nous avons vu les Allemands quitter la rive gauche de la Meuse pour se replier en face, sur la rive droite.

Devant notre maison, les gardiens de prison allemands et les Feldgendarmes déménageaient tout le matériel et leurs documents dans des charrettes réquisitionnées.

Certains propriétaires d'attelage avaient accompagné leurs chevaux et les caressaient, les larmes aux yeux, avant de les abandonner aux Allemands.

Vers dix-sept heures, toutes les troupes allemandes s'étaient repliées sur la rive droite. Des snipers tiraient sur les fenêtres des quais d'en face qui arboraient déjà un drapeau belge.

Quelques instants plus tard, les cloches de la ville se mirent à sonner à toute volée. Puis les portes de la prison s'ouvrirent, pour laisser passer les prisonniers politiques libérés.

Ce fut un spectacle d'une très grande émotion et complètement surréaliste.

Nous avons vu tous ces hommes, dont certains étaient des condamnés à mort, danser dans la rue comme des fous. Quelques-uns portaient des traces de sévices sur le visage ou sur les mains.

Mais le plus incroyable était de voir l'un d'eux danser sur sa jambe cassée, dont un des os sortait au travers d'un plâtre ou peut-être d'un simple bandage, je ne sais plus. Il aurait dû être fusillé le lendemain à la Citadelle. »

Que se passe-t-il à la Citadelle ? Les couleurs belges ont remplacé le drapeau à croix gammée. On exhume les derniers fusillés : une trentaine. Parmi eux, un adolescent en culotte courte.

Les corps sont emmenés dans un lycée, où une morgue a été improvisée.

Jocelyne avait quatre ans en 1944.

Parmi les témoins qui se sont présentés à moi, elle est la moins âgée... (Sauf cette jeune fille qui a téléphoné le premier jour. J'ai noté son nom, Jeanne Février. Mais j'ai perdu son numéro. Devais-je la rappeler ? Je ne sais plus.)

La maman de la petite Jocelyne tenait une épicerie rue Grétry, sur la rive droite de la Meuse.

La route d'Aix-la-Chapelle part de ce côté-là du fleuve. Depuis le début du mois de septembre, on voyait les soldats de la Wehrmacht fuir en débandade. Ils cherchaient désespérément de l'essence. Ils volaient des bicyclettes, des charrettes, des voitures d'enfant, des corbillards... Tout ce qui roule. Tout ce qui pourrait les ramener plus vite, avec armes et bagages, dans leur pays.

Le 8 septembre, un soldat allemand pousse la porte de la maison de Jocelyne. Il a une cinquantaine d'années. Il veut se rendre aux Américains et pas à l'Armée secrète. Il n'arrive plus à courir pour s'enfuir.

Jocelyne : « Le soldat dit à mon père : *Ich kann's nicht mehr !* Je n'en peux plus. Mon père, qui parle l'allemand, lui demande de lui remettre son arme. Le soldat tend sa mitraillette. Il se dissimule au fond de notre salon. Je le vois encore. Il était assis sur une chaise, derrière le piano. Mon père remonte sur son toit, en emportant l'arme. Comme ses voisins, il guette l'arrivée des Américains.

Cependant, des membres de l'Armée secrète avaient vu l'Allemand entrer chez nous. Ils ont défoncé la porte. J'étais dans les bras de maman. L'un d'eux a tiré sur nous. Une balle s'est logée dans le mur. Alors ma mère s'est enfuie avec moi, jusqu'à la division de police de la rue Grétry.

Les Américains commencent à défiler dans la rue. Ma mère revient à la maison avec moi. Et là, je vois le soldat allemand gisant sur le trottoir, devant chez nous. Il y a du sang partout.

L'Allemand avait gardé un revolver sur lui, à l'insu de mon père. Il s'était tiré une balle dans la tête.

Les années ont passé. Longtemps après la guerre, j'ai eu peur du passage des avions, qui me rappelait le temps des V1. Je refusais d'entrer dans la cave où nous avions vécu.

Et je songeais à cette image affreuse de ma petite enfance : le soldat allemand tué, le trottoir éclaboussé de sang.

Mais, pour finir, je me demandais si ce n'était pas un cauchemar...

Vers l'âge de treize ans, j'ai interrogé papa:

"J'ai l'impression d'avoir vu un homme tué devant chez nous, quand j'étais toute petite. C'est un rêve ou c'est vrai ?

— Oui, c'est vrai... Tu te souviens de ça ?" a dit mon père.

Il était stupéfait que j'aie gardé la mémoire de ce drame lointain. »

15

Mon gigot et ma Vierge !

Je viens encore de manquer la jeune fille rousse, la petite musicienne.

Elle n'était pas contente…

« Il n'est jamais là, ce journaliste ! » a-t-elle dit aux demoiselles de l'accueil, avant de filer sur son vélo.

Elle n'a pas laissé de message. Elle passera un autre jour.

Je reprends mon poste dans la salle de rédaction.

Tandis qu'aux autres tables, les journalistes de *La Dépêche* affrontent les événements du jour, je récolte des informations d'il y a soixante ans.

Ma tâche est bien plus simple que celle de mes voisins. Les témoins viennent à moi. Ils ne demandent qu'à parler. Leurs souvenirs remontent vite à la surface. Il suffit d'un rien – la question d'un reporter improvisé – pour que les récits jaillissent. Ma main court sur le papier, à leur poursuite.

Ces petits faits vrais n'avaient pas trouvé place dans les journaux de la Libération, qui tenaient sur deux pages. Il n'est jamais trop tard pour les publier.

De sa cage de verre, Boris m'observe. Il me taquine : « Te voilà devenu quasiment correspondant de guerre ! » Il connaît l'histoire de Ralph Curtis.

Correspondant d'une guerre finie depuis si longtemps !

Pourtant, je ne marche pas sur les traces du cameraman américain, je ne m'en vais pas avec la troupe. Je n'assiste pas aux conférences de presse des états-majors alliés. Mon point de vue est celui des enfants, des petites gens, des badauds.

Daisy, blonde et souriante, n'a qu'une histoire à me conter. Celle de son prénom.

« Je suis née en septembre 1944. Papa traversait Liège pour aller me déclarer à l'état-civil quand il a vu, sur le capot d'une jeep de l'armée américaine, l'inscription *DAISY*. De retour à la maison, il a dit à maman : "Ta fille ne s'appelle pas Françoise, mais Daisy." »

Au passage, je recueille plusieurs d'anecdotes sur l'hiver des V1…

Vincent avait dix ans. Il raconte :

« J'avais une peur bleue des robots. Il en est tombé trente-six sur notre petite commune, à la campagne ! Ma terreur était si grande pendant la nuit que mes parents m'avaient installé dans leur propre chambre à coucher, pour me rassurer. Mais très vite, ils se sont aperçus que je leur servais de système d'alarme, car mon inquiétude était telle que j'entendais venir les robots à très grande distance. Alors je criais très haut, pour être sûr d'être entendu : "Papa, en voilà un ! " À ce moment, mon père se levait et réveillait tout son petit monde pour qu'il descende dans les caves de notre grande maison. »

Fabienne n'a pas oublié le cri que poussa sa maman, dans la cave, un jour de janvier 1945.

« Maman tenait une épicerie, rue Bonne-Nouvelle, dans le quartier du Nord. Elle avait acheté – très cher – un magnifique gigot. Il était dans un plat, au fond du frigo du magasin. Maman possédait aussi une grande statue de la Vierge en terre cuite polychrome, qu'elle tenait de mes grands-parents. Elle l'avait posée sur la cheminée de la cuisine, pensant probablement que la Vierge protégerait notre maison.

Nous vivions dans la cave.

Ce jour-là, le ronronnement s'est arrêté.

Le robot est tombé tout près… Ce fut comme un tremblement de terre.

Maman s'est écriée :

" Mon gigot et ma Vierge ! "

Remarquez qu'elle a dit d'abord : "mon gigot".

Nous avons retrouvé la viande, mais piquée d'éclats de faïence. Je les ai enlevés avec une pince à épiler.

Et la Vierge ? Intacte ! Sa chute avait été arrêtée par une corde à linge, tendue dans la cuisine. »

On me parle de regards un instant rencontrés.

Le regard de l'ennemi…

Dans l'après-midi du 7 septembre 1944, Arlette se penche à sa fenêtre… jolie fille de seize ans, à en juger par une photo de ce temps-là, qu'elle m'a montrée. Quelques soldats allemands traversent, en file indienne, des jardins potagers, à Montegnée. Les Américains ont investi le village. Les maquisards sont lâchés. Et ces soldats allemands aux abois sont de grands adolescents. Quatre ans plus tôt, ils étaient encore des gamins jouant à la guerre, dans un terrain vague, à deux pas de chez eux. Hitler leur a mis un vrai fusil entre les mains. Aujourd'hui ce sont des hommes traqués. Ils n'attendent qu'une chose : la fin de cette vraie guerre.

Arlette me dit : « Ils auraient tiré sur n'importe quoi. Un voisin, en face de ma fenêtre, m'a fait un signe. J'ai tourné les yeux vers la gauche : des Allemands passaient dans notre rue. L'un d'eux m'a aperçue. Il a levé son arme… C'était un garçon de mon âge. Nos regards se sont croisés. Je me suis jetée au sol. Ça m'a peut-être sauvé la vie. »

Dans une lettre venue de France et déposée ce matin sur mon bureau, une dame évoque, pour sa part, le regard d'un Américain…

«Jamais je n'oublierai le beau visage, triste et las, de cet Américain qui conduisait une voiture du service sanitaire de l'armée et qui croisa, un instant, mon chemin, à Liège. Il était seul et ne portait d'autre signe militaire qu'une chemise kaki dont il avait roulé le bas des manches. La trentaine tout au plus. Son véhicule avait été recouvert d'une bâche sur laquelle figuraient deux grandes croix rouges. Un médecin, vraisemblablement.»

Ici, ma correspondante a renoncé à son porte-plume. Elle a écrit la suite sur une machine mécanique, rescapée du siècle dernier. La frappe est pâle, le ruban peu encré. Cette machine est exténuée, au bout du rouleau.

«Le temps des vivats était passé. Des combats furieux se déroulaient à la frontière de l'Allemagne. Nous venions de recevoir nos premières bombes volantes et nos conditions matérielles restaient dures. Ces soldats, qu'un mois plus tôt nous avions couverts de baisers et de fleurs, étaient devenus, en quelque sorte, nos “frères d'armes”. La joie de la Libération était loin… Mais le beau visage, tellement triste et las, m'émut profondément. Je levai le bras en signe d'amitié. L'Américain s'efforça de me sourire et leva la main pour répondre à mon salut.»

La signature est illisible. Le prénom pourrait être *Denise.*

Je reprends l'enveloppe. L'adresse de ma correspondante n'y figure pas. Le mot *personnelle* a été écrit dessus, d'une main tremblante.

16

Jeanne au journal

« Monsieur Ralph ? »

L'appel vient de la réceptionniste.

« Muriel, si vous disiez Ralph, tout simplement ?

— Oui, Ralph. Il y a quelqu'un pour vous dans le hall. »

Muriel ajoute, plus bas :

« Et, pour une fois, ce n'est pas un vieux bonhomme ! »

Elle pouffe.

« Dites-lui de monter à la rédaction. »

La porte de l'ascenseur s'ouvre sur une jeune fille.

Ses cheveux sont roux, bouclés… Et mouillés.

« Bonjour, mademoiselle… Vous êtes trempée ! Il pleut ?

— Mais non. Il neige. J'ai été prise dans une vraie tempête ! Les rues sont déjà toutes blanches. Vous ne l'avez pas vu ? »

Je la conduis à mon bureau. Elle enlève son harnachement, ce long sac à dos, qui semble épouser la forme de quelque instrument de musique. Un violoncelle ?

La jolie rousse s'assied en face de moi. Ses yeux sont d'un vert très clair.

Un regard direct et doux, à la fois.

« Mon nom est Jeanne Février... Je vous ai téléphoné, voici au moins deux semaines, de la part de mon arrière-grand-père. Vous m'aviez interrompue parce que votre portable s'était mis à sonner, disiez-vous. Vous m'aviez promis de rappeler. Vous ne l'avez jamais fait. Votre ligne est toujours occupée. Je suis passée deux fois au journal. Vous étiez absent. Vous n'êtes pas facile à joindre ! »

Le regard se fait dur.

« Pardonnez-moi, mademoiselle. J'ai été débordé, ces jours-ci.

— Moi aussi ! On nous donne un travail fou à l'école. En plus, j'ai mes cours au Conservatoire.

— Vous savez, je ne suis qu'un journaliste occasionnel. Disons plutôt : un journaliste saisonnier. J'ai été engagé pour moissonner les souvenirs des vieux lecteurs... Que pensez-vous de *La Dépêche* ?

— Je ne la lis presque jamais. Trop de sang, trop d'affaires glauques.

— Qu'attendez-vous de moi, mademoiselle ?

— Je suis ici pour tenir une promesse... En fait, j'achète *La Dépêche* depuis quelques jours, rien que pour ces souvenirs de 1944. Elle n'est pas mal, votre série. Elle regorge d'émotions. J'aime ça. Mais je me demande si elle ne donne pas une fausse idée de la guerre. Beaucoup de ces gens vous en parlent comme d'une époque géniale.

— Mais ce fut une époque géniale! Horrible, mais géniale. L'époque de tous les dépassements. En outre, le thème de la série n'est pas la guerre. Le thème, c'est la Libération, la joie retrouvée. Pour les petits, ce fut le temps de toutes les découvertes, le temps des oranges et du chocolat. Ceux qui étaient plus âgés retrouvaient un bien infiniment précieux: la liberté. Ils sortaient d'une nuit de quatre ans à laquelle les avait condamnés le régime nazi. Ni ma génération ni la vôtre ne savent plus très bien ce que signifie la liberté. Il faut l'avoir perdue, cette liberté, pour comprendre ce qu'elle représente. D'ailleurs, il est touchant de voir combien nos aînés, avant de disparaître, nous ont exhortés à protéger ce bien si précieux. »

Jeanne tente une dernière critique:

« Une autre chose me dérange, dans ces récits. Vos témoins présentent les Américains comme les super-héros de notre galaxie. On ne vous a jamais parlé des bombardements alliés du printemps 1944? Les forteresses volantes des Américains bombardaient en restant à haute altitude. Je suppose qu'alors, beaucoup de Liégeois ont maudit ces aviateurs qui balançaient des bombes sur leur quartier, à tort et à travers.

— Oui, mademoiselle. Mais les sentiments de gratitude et d'admiration envers l'Amérique ont été les plus forts. Et les sacrifices consentis étaient réciproques... Vous avez l'air forte en histoire. Qui vous a raconté cela ?

— Mon arrière-grand-père... Eugène Février était dans la Résistance. Il a caché des aviateurs dont l'appareil s'était crashé dans la région. Il aurait pu vous fournir des tas d'anecdotes, pour votre série.

— J'irai le voir.

— Non, non, ce n'est plus possible. Il vient de mourir. »

Elle ajoute :

« Eugène a été enterré avant-hier. C'est stupide ! Il avait un service à vous demander, vraiment pas grand-chose... C'était son dernier souhait. Si seulement vous aviez rappelé tout de suite, comme promis... Je vous en veux, vous savez. »

La jeune fille se mord les lèvres.

Des larmes brillent dans ses yeux verts.

J'ai eu soudain envie de quitter la rédaction. Je voulais voir la neige.

J'ai proposé à Jeanne de m'accompagner.

La blancheur du boulevard m'éblouit.

« Toujours la tempête ! » dit la jeune fille.

Comme deux enfants un peu fous, nous nous précipitons dans les tourbillons de neige. Jeanne glisse sur le trottoir, je la retiens par le bras. L'air vif enflamme ses joues.

Nous entrons dans le premier café venu.

Jeanne s'ébroue, secoue sa chevelure. Elle dépose son grand sac à dos.

« De quel instrument jouez-vous ?

— Du basson. Vous savez, ce très long tuyau. Pour le transporter, il faut le démonter. Le basson personnifie le grand-père dans *Pierre et le loup.* De tous les instruments d'un orchestre, c'est celui qui donne le son le plus grave. Pour moi, c'est aussi le plus tendre.

— Que voulez-vous boire ?

— Un chocolat chaud.

— Au fait, quel âge avez-vous ?

— Seize ans. On est mercredi et je suis toute perdue. Je ne sais que faire de ce congé. Je passais tous mes mercredis après-midi chez mon arrière-grand-père. Il me manque tellement !

— Parlez-moi de lui.

— Il a… Non… Il avait 90 ans. Je ne m'habitue pas à employer l'imparfait. Eugène Février était né le 1er janvier 1914, c'est une date facile à retenir. Il a été longtemps juge de paix. Il était veuf depuis toujours. Je veux dire que sa jeune épouse, qui s'appelait Jeanne, comme moi, est morte très vite après leur mariage. Elle est morte en mettant au monde leur enfant, dans une cave, le 3 février 1945.

— C'est curieux. Moi, je suis né le 18 février 1945… Dans une cave.

— L'autre mercredi, quand je me suis rendue chez Eugène, je l'ai trouvé tout guilleret. C'est l'avant-dernière fois que je l'ai vu en vie. Il m'a montré le journal avec votre appel aux souvenirs de la guerre. Il m'a dit : "Voilà une belle occasion de tenter de percer un mystère qui me turlupine depuis soixante ans." Il espérait retrouver la trace d'un aviateur américain, le capitaine James J. Brady, qu'il avait connu en 1944. On l'appelait Jim. Son appareil, touché au-dessus de l'Allemagne, avait fini par s'écraser dans un coin perdu de l'Ardenne.

— Quel type d'avion ?

— Je n'en sais rien. Jim avait sauté en parachute. Des résistants l'avaient pris en charge. Eugène l'avait caché, nourri. Et, comme il était presque aussi grand que ce jeune Américain venu du ciel, il lui avait donné son meilleur costume. J'ai l'impression qu'ils étaient devenus très copains, tous les deux. Eugène m'a encore raconté que Jim était d'origine irlandaise, de religion catholique, et qu'il aimait entrer dans une église de Liège, pour s'y recueillir. Finalement, l'aviateur a été conduit vers l'Angleterre par des membres du réseau secret. Et Eugène n'a plus jamais eu de ses nouvelles. Après la guerre, il a écrit plusieurs fois aux autorités américaines. Sans résultat. Il a visité en vain les grands cimetières militaires. Jim Brady est-il mort au combat ? Ou alors a-t-il complètement oublié

Eugène Février, son ami belge ?... Mais on ne peut pas oublier Eugène ! »

La jeune fille tourne les yeux vers la fenêtre. Des flocons se collent sans bruit à la vitre et se laissent doucement descendre.

Jeanne est rêveuse.

Je regarde le joli visage, les traits délicats… Reprends-toi, mon vieux Ralph, tu n'as plus l'âge…

Elle dit :

« La neige exagère, vous ne trouvez pas ? On a l'impression qu'elle n'arrêtera jamais de tomber. Comme si l'hiver recommençait… Moi, je veux bien ! J'aimerais remonter le temps. »

Jeanne prend à deux mains sa grosse tasse de chocolat, dont elle boit une gorgée. Sa bouche se marque d'une moustache violette.

Elle poursuit :

« Voilà donc l'histoire qu'Eugène m'a racontée ce soir-là, pour la première fois. Une histoire dont on ne connaît pas la fin. Je l'ai senti ému quand il s'est mis à parler de Jim Brady. Son regard a changé. Sa voix tremblait. Ça paraissait très important pour lui. Donc, aujourd'hui, ça l'est pour moi. Eugène comptait sur vous, sur votre journal, pour lancer un nouvel appel aux lecteurs. Je lui avais promis de prendre contact avec vous. Il m'avait montré une photo de l'aviateur. Vous l'auriez publiée. Vous auriez écrit : *Reconnaissez-vous cet homme ? L'un d'entre vous a-t-il rencontré l'aviateur américain James J. Brady en 1944?* Peut-être un ancien résistant se serait-il manifesté ? Eugène en aurait été si heureux ! Relayés sur la Toile, cet appel et ce portrait pouvaient tomber sous les yeux d'internautes américains. Et, de fil en aiguille…

— De quel État était-il originaire, votre aviateur ?

— Eugène me l'avait dit… Attendez, laissez-moi me souvenir. Oui, voilà… Jim venait du Nebraska. Je ne sais pas très bien où ça se trouve.

— Dans les Grandes Plaines. Le Nebraska, c'est la Prairie. L'ancien pays des Sioux, des Pawnees…

— Ça fait rêver…

— Oui, Jeanne. Mais j'ai lu qu'en réalité, le Nebraska est le moins passionnant de tous les États américains. Désespérément plat. Des champs ou de l'herbe, à perte de vue. »

Jeanne… Pourquoi l'ai-je appelée par son prénom, tout à coup ? Ses grands yeux clairs plongent dans les miens.

Elle reprend son récit :

« Toujours est-il que, ce soir-là, Eugène était très enjoué. Il s'est offert un petit apéro. Nous avons soupé. Et puis, avant que je ne parte, il a voulu me faire écouter sur son pick-up quelques disques de jazz de sa jeunesse. Il s'est mis à battre la mesure avec le pied. Moi, j'ai commencé à me balancer. Quand le grand orchestre de Glenn Miller a attaqué *Moonlight Serenade*, Eugène a dit : “Quel charme, cette musique américaine ! Comme ça donne envie de danser !" Et moi, je me suis levée aussitôt, je lui ai pris les mains : "D'accord ! On y va." Et nous avons fait quelques pas, bien chaloupés, sur ce tempo lent et langoureux. C'était super doux, super romantique. Eugène danse… il dansait… pas mal du tout. Sur les morceaux plus swing, comme *In the mood*, il a drôlement assuré. À la fin, il m'a dit, avec un beau sourire et des yeux brillants : "Merci, mademoiselle …" Et puis j'ai dû rentrer chez moi. L'air de *Moonlight Serenade* m'a poursuivie pendant toute la soirée… Tiens, pour l'instant, je ne l'ai plus en tête.

— Moi non plus… Et pourtant, c'est archiconnu.

— J'aimerais le jouer au basson. »

D'une main furtive, Jeanne efface une larme sur sa joue. Elle dit :

« Je ne sais pas pourquoi je vous ai raconté tout ça. Nous parlions de la photo de l'aviateur…

— Ah oui ! Le mystérieux Jim Brady. *L'Homme du Nebraska*… C'était le titre d'un film de mon enfance, un western de série B. Je ne sais même plus avec quel acteur… Mademoiselle, vous pouvez m'apporter cette photo. Elle sera publiée.

— Merci, monsieur Demy. Je suis très contente. La photo se trouve dans le bureau d'Eugène. J'ai la clé de sa maison. Mais je n'ai pas le courage d'y aller toute seule… Voulez-vous m'accompagner mercredi prochain ? Ce serait cool !

— Oui. Faisons comme ça, Jeanne. Appelez-moi Ralph. Et puis, tutoyons-nous.

— O.K., Ralph. Mais je crois que j'aurai du mal à vous dire tu. Vous m'inspirez du respect, vous pourriez être mon grand-père.

— Ne me dites plus jamais cela, vilaine. Ce n'est pas cool ! »

Enfin, je découvre le sourire de cette adolescente.

Vite au journal ! J'ai du neuf à inscrire dans mon carnet.

Aujourd'hui, Jeanne Février, seize ans, est arrivée avec la neige. J'ai rendez-vous avec elle dans une semaine. Elle me charge d'une enquête sur des événements très anciens, je dois élucider un mystère qui hantait son arrière-grand-père…

Retrouver le capitaine Brady… Mort ou vif.

Me prend-elle pour un détective privé ?

Au fait, Jeanne ne m'a pas dit de quoi est mort ce vieux monsieur Février. L'aurait-on assassiné ? Cette pensée me fait sourire, Dieu sait pourquoi. Je deviens nerveux, fatigué. Je mêle les époques. Nous ferions peut-être bien de conclure ce feuilleton rétro, qui me force à prolonger mon congé. Mes cinq bibliothécaires commencent à me manquer.

« Salut, gamin ! »

Plongé dans mes pensées, je n'ai pas vu Boris venir vers moi, sur le trottoir enneigé.

« Tu m'as l'air complètement dans la lune ! Pourquoi riais-tu tout seul ?

— Moi ? Pour rien.

— Tu es amoureux ? Je t'ai vu quitter la rédaction avec une belle petite rousse.

— Tu es fou ? C'est une gamine de seize ans. Un peu boulotte. Mais jolie, oui, et pas bête. Elle a critiqué la série Libération… À propos, Boris, si on arrêtait ça ? On va finir par lasser le lecteur, avec tous ces vieux souvenirs.

— Pas question ! Tu as introduit un peu d'histoire dans nos pages. Et de l'histoire vivante, vibrante. D'ailleurs, les derniers chiffres des ventes sont assez bons. Nous ne serons peut-être pas obligés, pour survivre, d'offrir des gadgets à nos lecteurs… Moi aussi, j'ai le cœur à rire, aujourd'hui ! Dis, Ralph, tu m'écoutes ? »

Je n'écoute plus Boris… L'air de *Moonlight Serenade* me revient, soudain.

J'ai envie de chanter sous la neige.

17

La mort d'un pilote

Une nouvelle lettre *personnelle*, envoyée de France, me parvient au journal.

Toujours cette dactylographie pâle, évanescente…

Ma correspondante, qui habitait à Liège pendant la guerre, m'explique pour commencer : « Une vieille amie découpe votre feuilleton et me le fait parvenir. Moi aussi, je vais vous raconter quelques petites histoires de ce temps-là. »

«Nous vivions une époque à la fois tragique et farfelue, écrit-elle.

En 1944, par une belle et claire matinée d'été, un combat aérien éclata au-dessus de nos têtes. Ces combats étaient fréquents. Voir ces avions exécuter de véritables cabrioles pour attaquer l'ennemi ou esquiver ses tirs était effarant.

Ce matin-là, un appareil fut touché et le pilote sauta. Mais le parachute, sans doute ouvert trop tôt, resta accroché à l'appareil. Et l'avion commença à tomber, non pas en piqué ou en vrille, mais en formant des loopings interminables. Le pilote y était suspendu, bien vivant et attendant une mort évidemment certaine. Puis l'avion se mit à brûler, ensuite le parachute et le corps de l'homme prisonnier de ses sangles.

Et ce fut terrible. J'étais seule à la maison, avec une amie. Je me souviens que nous sommes tombées à genoux, toutes les deux, en suppliant Dieu que cette horreur se termine. Enfin l'avion s'écrasa près des habitations, dans une prairie, contre un talus boisé. Ce qui évita une autre catastrophe.

Aussitôt, malgré le danger, hommes, femmes et enfants se précipitèrent vers le lieu de l'impact. J'y courus aussi, avec mon amie Jeanne, pour voir et pour entendre.

Un monsieur déclarait qu'il s'agissait d'un chasseur canadien, qu'il avait bien vu l'écusson à feuille d'érable sur la carlingue.

Le corps carbonisé du pilote gisait sur l'herbe à côté de l'épave de l'avion, à laquelle il restait attaché par le parachute à demi brûlé. Très vite, des dizaines de bouquets s'amoncelèrent dans le pré. Persuadés qu'il s'agissait d'un aviateur allié, les gens retournaient vers leurs jardins pour couper des fleurs, qu'ils venaient déposer ensuite près du corps.

Des soldats allemands arrivèrent et firent reculer la foule. Le corps brûlé fut dégagé et transporté jusqu'à l'un des véhicules, tandis que les soldats formaient une haie d'honneur. Le corps chargé, ils ramassèrent tous les bouquets et les portèrent jusqu'au véhicule où reposait le mort. Personne ne parlait. Les soldats se retirèrent.

Alors les gens se jetèrent sur le parachute, qui fut découpé avec entrain. Le tissu non brûlé fit de bien jolis foulards. Et les cordes, en cent morceaux, furent distribuées à ceux qui étaient là. Car il paraît que la corde d'un pendu porte chance. Je rapportai fièrement à la maison un de ces morceaux, quelque peu noirci.

Nous apprîmes le lendemain que l'avion abattu était celui d'un officier allemand… »

Plus loin, la vieille dame évoque le souvenir de sa grand-mère :

« Comme la plupart d'entre nous, en ce temps-là, ma grand-mère se plantait, chaque soir, devant une grande carte de l'Europe. Elle avait piqué dans cette carte des épingles portant chacune un petit drapeau de couleur différente : une couleur par belligérant. Un fil de coton, attaché aux épingles, représentait la ligne de front.

Après avoir écouté le dernier communiqué d'"Ici Londres", au travers du brouillage de la censure allemande, ma grand-mère, avec notre aide, avançait ou reculait les petits drapeaux. Quand les Alliés ou les Soviétiques gagnaient du terrain, elle exultait. Dans le cas inverse, elle était aussitôt démoralisée. Nos amis s'efforçaient de la rassurer. Dans leur bouche, la défaite la plus cuisante devenait presque une victoire, ou bien une feinte préparant la riposte. Ma grand-mère était sceptique, mais ne demandait qu'à les croire.

Cette femme – dont la famille était française – avait connu trois guerres : 1870, 1914 et 1940. Elle mourut quelques mois avant la Libération.

Quand les tanks américains descendirent les collines de la rive gauche, mon père me dit : “ Grand-maman n’aura pas connu cette joie.” Et il pleura. »

Ma correspondante égrène d’autres souvenirs de la guerre.

Comme l’histoire de Wolfgang, un soldat de la Wehrmacht. On change de camp. C’est encore une histoire triste.

« Le terril du Corbeau, écrit-elle, abritait une base importante de défense territoriale antiaérienne. Le confluent de la Meuse et de l’Ourthe était un point logistique pour les escadrilles qui allaient bombarder l’Allemagne. La base avait été puissamment armée. En septembre 1944, elle résista longtemps aux tanks américains, puis fut réduite au silence.

Après la prise du terril, un ami résistant m’a passé le journal intime d’un soldat allemand, pour que je le lui traduise. Il avait trouvé ce cahier abandonné dans la poussière.

Au fil des pages, j’appris que le soldat s’appelait Wolfgang et qu’il avait dix-sept ans.

Au début de son journal, Wolfgang racontait son arrivée à Liège, ses premiers contacts avec la guerre et avec ses nouveaux camarades, les petits événements d’une vie de soldat.

Le front se rapprochait et le récit devenait pathétique. Le jeune soldat y exprimait son amour pour sa mère, sa peur de se battre et de mourir.

Il avait utilisé moins de la moitié du cahier, qui ne comportait ni nom de famille ni adresse en Allemagne. Qu'était devenu Wolfgang ? Tué ? Blessé ? Prisonnier ? En fuite ? Ou livré à d'autres batailles dans son pays ?

J'ai rendu le cahier à l'ami résistant. J'avais honte de l'avoir lu. »

On en vient à l'année 1945…

« Le début du printemps fut morose. L'avance des troupes alliées en Allemagne nous avait mis à l'abri des tirs de V1 et de V2. Nous avions quitté les caves pour remonter à la surface. Mais le décor était lugubre : des milliers de bâtiments détruits ou moribonds. Les chanceux qui avaient conservé une maison devaient s'habituer à vivre derrière les tôles qui servaient de portes, de fenêtres et de toitures.

L'anéantissement de Dresde par les bombardements aériens alliés nous avait glacés d'effroi : la cruauté aveugle existait aussi dans notre camp.

Enfin, alors que l'Allemagne était ravagée, ceux qui avaient un parent prisonnier ou déporté là-bas étaient sans nouvelles et dans la plus grande inquiétude.

Bref, nous avions de bonnes raisons de nous sentir très tristes.

Le tram sur lequel je me trouvais venait de quitter son arrêt. C'est alors que nous les avons vus.

Ils étaient entassés dans la benne d'un camion, autour d'un drapeau français bricolé, sur lequel une croix de Lorraine avait été tracée. Le tram stoppa net et tous les voyageurs se précipitèrent : les premiers rescapés d'Allemagne rentraient au pays.

Quand ils nous virent, ces hommes en haillons entonnèrent la Marseillaise. Cette fois, c'en était trop : au lieu de chanter avec eux, nous nous mîmes à pleurer.

Eux s'efforçaient de nous remonter le moral, nous disant de ne plus pleurer : la guerre touchait à sa fin, nous allions redevenir heureux.

Ils essayaient de répondre aux questions angoissées : oui, avec la libération des camps, les autres prisonniers suivraient, mais cela prendrait du temps car il fallait trouver des véhicules. Pourtant, bientôt nous serions tous réunis. C'étaient des Français. Ils rentraient au pays et ils étaient tellement contents.

Anéantie, réduite à plus grande souffrance, l'Allemagne hitlérienne nous imposait une dernière épreuve : la découverte des camps d'extermination, et de leurs rescapés. La découverte de l'horreur absolue. Nous avions pris conscience – douloureusement – de l'abîme d'abjection où la race humaine peut sombrer.

Liège avait été un point de passage pour les troupes allemandes en retraite. Elle le redevint pour les rescapés des camps, les prisonniers de guerre wallons et français et les déportés qui regagnaient leur pays. Il étaient soignés et quittaient leurs loques sinistres avant de repartir. Et en l'honneur de ces Braves, la ville pavoisa à nouveau pendant tout l'été.

Après septembre 1944 et après la victoire des Américains dans les Ardennes, ce fut notre troisième libération.»

«J'arrête ici ma lettre.

Bien que les souvenirs se pressent afin d'être ranimés, je ne puis vous faire un récit des "mille et une nuits"! Je ne suis même pas sûre que vous avez eu la curiosité de lire celui-ci jusqu'au bout.

Pour finir sur une note plus "festive", je choisis l'un des plus beaux souvenirs qui me restent: le souvenir de la splendeur des nuits étoilées d'alors.

L'occultation de toute lumière au sol, imposée à des fins militaires, nous laissait voir un ciel somptueux dont nous n'avons plus idée aujourd'hui (sauf peut-être dans les contrées lointaines et désertes). À la lumière irisée du couchant et de la lune s'ajoutait celle de milliers d'étoiles. En orbite au-dessus de nos têtes, la Voie lactée était vraiment une traînée laiteuse et scintillante. C'était une merveille et je comprenais que les Anciens y avaient placé le Paradis. Même ici, dans le Sud-Ouest, les nuits d'été n'ont pas cette magnificence.»

Cette fois, la signature est bien lisible : *Denise de Saint-Élix.*

Il y a un post-scriptum :

«J'ai très bien connu à Liège un magistrat militaire qui, en avril 1945, a découvert l'horreur d'un camp de concentration, celui de Dora, en Allemagne. Il a réquisitionné une jeep et s'est rendu tout seul dans ce camp, qui venait d'être libéré par les Américains. Ce magistrat courageux espérait ramener en Belgique un jeune ami, déporté, qui avait été retrouvé vivant, par miracle, à Dora.

Mais il faut vraiment que je m'arrête, cher monsieur. Je m'en vais poster ma lettre. Nous n'avons qu'une seule levée de courrier par jour, au village. Et je souhaite que tous ces souvenirs s'en aillent au plus vite.

Saramon, mars 2004.»

18

La maison d'Eugène

On est mercredi. J'ai rendez-vous avec Jeanne.

Eugène Février habitait l'une de ces rues qui se lancent à l'assaut des hauteurs de Sainte-Walburge, au nord de Liège.

J'aime cette rue étroite et tranquille, aux gros pavés. Ici, à la belle saison, les jardins débordent, les saules pleureurs s'inclinent avec bienveillance sur les promeneurs. On se croirait au cœur d'un vieux village.

Nous ne sommes pas encore au printemps. Mais déjà les oiseaux donnent de petits récitals.

J'aperçois Jeanne... Assise sur un muret, devant la maison, elle m'attend. Sa chevelure flamboie au soleil.

Elle me sourit.

« Bonjour, Ralph. C'est gentil d'être venu ! »

Elle sort une clé de sa poche. La serrure lui donne du mal.

Comme il fait froid, à l'intérieur !

Le sol du vestibule est un damier de dalles grises et noires. Les murs sont nus et peints, imitant la glaçure du marbre. Dans ce long couloir d'entrée, un seul meuble : un grand portemanteau en rotin, auquel sont encore accrochés un pardessus et un chapeau d'homme, un vieux blouson et un parapluie. L'ambiance est presque monacale. Par une porte entrouverte, je devine, dans l'obscurité, la présence silencieuse de vieux meubles de famille, encombrés de beaux objets et de souvenirs. Au fond du couloir, Jeanne ouvre une porte. Nous accédons à une terrasse, baignée de soleil.

En contrebas de cette terrasse, je découvre un jardin, avec un petit toboggan, très sale, une balançoire cassée. L'herbe est haute.

« Ce jardin, c'est mon enfance, dit Jeanne. J'y ai joué pendant des heures et des heures. Tu sais, Ralph, je suis fille unique. Ma mère a plaqué mon père quand j'avais quatre ans. Elle a vite compris ! Ils habitent l'un et l'autre dans des banlieues chic, où tout le monde frime, où l'on s'emmerde énormément, où les voisins s'épient et s'envient. Je ne me suis jamais posé la question de savoir où était mon foyer : chez maman ou chez papa. J'étais tout le temps chez mon arrière-grand-père. Ça arrangeait mes parents : médecins tous les deux, ils étaient trop occupés. Eugène venait me chercher tous les jours à l'école et me ramenait ici. Je lui donnais la main. Parfois nous prenions le bus. Parfois nous rentrions à pied, quand il faisait beau ou qu'Eugène avait un achat à faire en cours de route. Tout me paraissait immense. J'avais six ans et j'étais bien fatiguée, à quatre heures. Pas lui.

Après le goûter, nous faisions nos devoirs, côte à côte. Et là, il était intraitable ! Enfin, il me laissait jouer avec une petite voisine. Ou bien il me lisait un livre. Et mon imagination s'envolait. J'ai toujours aimé le timbre de sa voix, peut-être parce que cette voix me reportait aux moments magiques de ces premières lectures. Eugène ressortait pour moi des illustrés anciens, comme *La Semaine de Suzette*. Il avait un jeu de l'oie d'avant 1900, qu'il tenait de ses parents. Avec la comtesse de Ségur, je devenais une petite fille modèle. Après le souper, mon père passait me prendre dans sa Porsche. C'est la voiture de l'égoïste. Il y a à peine place pour un chien sur la banquette arrière. Mon père était le plus souvent avec une de ses maîtresses et je devais me caser comme je pouvais. Le nez sur les cheveux puants de sa poule.

— Comme tu y vas !

— Pas de pitié pour ceux qui ne pensent qu'au fric ! C'est ça, le problème, avec mon père. Il ne voit que la rentabilité. Son truc, son créneau, comme il dit, c'est la chirurgie industrielle, les opérations à la chaîne. Il ambitionne d'ouvrir une clinique de chirurgie plastique. Retaper les seins fatigués des grosses bourgeoises sur le retour, pour lui, c'est le pied. Le pactole. Il m'a dit l'autre jour que, sous la pression de ses amis, il envisageait de se présenter aux élections. En fait, il veut élargir sa clientèle. Son sourire suffisant va s'afficher dans tous les coins de la ville. Un cauchemar ! »

Accoudés au garde-fou de la terrasse, les yeux tournés vers le petit jardin, nous nous attardons dans la douceur d'un rayon de soleil.

« Mes grands-parents habitaient aussi cette maison, me dit Jeanne. Ils sont morts tous les deux l'an dernier. Tués sur le coup, dans un accident sur une autoroute française. Alors, j'ai dû me battre avec mon père pour qu'il n'expédie pas Eugène dans une maison de retraite. Il aurait voulu vendre notre maison de famille tout de suite, pour la rentabiliser. Ou bien il l'aurait détruite et aurait bâti à la place un building hideux. Mais je me suis fâchée. Je lui ai dit : " Eugène a su élever tout seul son fils. Il peut très bien se débrouiller seul. J'irai le voir le plus souvent possible. Et puis, les aides familiales, c'est pas fait pour les chiens ! " Voilà ce que j'ai dit à mon père. Je me suis livrée à un chantage. J'ai menacé d'alerter ses relations, de faire un scandale : le docteur Février veut flanquer son grand-père à l'hospice… Mon père a cané. C'est un lâche, comme tant d'hommes. Maintenant qu'Eugène n'est plus là, cette maison est à nouveau menacée. Mais mon père n'en a pas fini avec moi. S'il le faut, j'alerterai la presse – c'est-à-dire toi ! Le docteur Février veut faire bâtir dans un site protégé… Mais assez parlé de ce pauvre type. Rentrons. »

Nous passons dans le bureau d'Eugène.

Sur les rayons d'un meuble imposant, derrière les portes vitrées, s'empilent et se chevauchent des livres sévères : sans doute des recueils de lois, traités de droit, jugements de tribunaux faisant jurisprudence.

« Je n'ai touché à rien, me dit Jeanne. Ton article est toujours là, sur la table… »

Je vois un dictionnaire, un grand buvard, un encrier, un porte-plume, une loupe… et mon appel aux lecteurs, découpé dans *La Dépêche*.

« Un soir, en arrivant, j'ai trouvé Eugène étendu sur ce plancher. Je me suis penchée. Il m'a regardée. Je suis sûre qu'il me reconnaissait. Il me regardait avec son air affectueux de toujours. Il ne pouvait plus parler. Sa voix, que j'aimais tant, s'était éteinte. Mais il y avait comme un sourire dans ses yeux, une lueur amusée. Oui, ses yeux disaient : " Tiens, voilà ma petite Jeanne adorée ! " Et c'était un regard tranquille. " N'aie pas peur, Jeanne, je suis juste tombé. Et puis, mourir, à l'âge que j'ai, ce n'est vraiment pas grave. " Il me disait toujours ça, quand j'étais petite : " Pas grave, pas grave… " Il faut prendre les inconvénients de la vie avec recul, humour, légèreté. Mais là, Eugène n'arrivait plus à se redresser. Un homme à terre : ça ne lui ressemblait pas du tout. Il ne s'était pas tracassé. Il savait que j'allais venir. J'ai appelé mon père. On a emporté Eugène dans une ambulance. On n'a rien pu faire… »

Jeanne frissonne.

« Ne restons pas ici. Eugène avait rassemblé un dossier, en prévision d'une rencontre avec toi. Je sais où il est. »

Elle retire du tiroir de la table une grande enveloppe jaune, sur laquelle sont écrits les mots *Souvenirs de la guerre.*

Au moment de quitter la pièce, je m'attarde devant la photo d'une jeune femme, posée sur la cheminée.

Jeanne me dit :

« Voilà celle dont je t'ai parlé : l'épouse d'Eugène, mon arrière-grand-mère.

— Elle est très belle.

— Oh oui ! Tu trouves aussi ? Son nom de jeune fille était Jeanne Rivière. »

De longs cheveux bruns, bouclés. Des yeux très clairs. Un air rêveur.

« Tu as les mêmes yeux…

— C'est ce que disait Eugène.

— Et les mêmes boucles.

— Oui, mais la comparaison s'arrête là. Mon arrière-grand-mère était une brune élancée. Elle n'avait pas mes kilos en trop. C'était une reine. Moi, je suis une grosse rouquine ! »

— Tu as de la grâce, Jeanne.

— De la graisse, tu veux dire ? »

Elle rit.

« Non. De la grâce. Tu es un modèle d'Auguste Renoir. »

Un autre portrait orne la cheminée : celui d'une petite fille rousse, au regard décidé, au pull rouge vif.

La nouvelle Jeanne.

Nous quittons le bureau d'Eugène. La jeune fille emporte l'enveloppe jaune.

«Mes grands-parents habitaient le premier étage, dit-elle. Louis Février, le fils d'Eugène et de Jeanne, était un homme discret, mais un érudit. Je suis sûre que tu te serais très bien entendu avec lui. Comme avec Eugène, d'ailleurs. Tu veux jeter un coup d'œil sur sa bibliothèque ? Elle en vaut la peine. Viens. »

Les marches de cet escalier de chêne grincent sous nos pas.

« C'est ici… »

Jeanne fait la lumière.

19

La passion de Louis Février

Des livres tout autour de la pièce…

Je les passe en revue. Les œuvres complètes de Georges Simenon occupent un vaste pan de mur. Sur les autres rayons : ses romans parus sous des pseudonymes, Christian Brulls, Jean du Perry, Gom Gut, Jacques Dersonne… Et des essais sur lui. Des biographies. Des monographies consacrées aux jeunes années du petit Sim, à Liège. La période américaine du grand Sim. L'index des rues de Paris « simenoniennes ». Et celui de tous les personnages qui figurent dans ses livres… Ils sont dix mille ! Simenon globe-trotter, Simenon et sa mère, Simenon et les femmes – une myriade, là aussi, d'après ce que Georges disait.

Simenon dans la Pléiade et dans les éditions populaires. Quelques romans traduits… *The Patience of Maigret, The Man with the Little Dog, Il Fondo della bottiglia, El ahorcado de Saint Pholien, O homen que via o trem passar…*

Je me retourne vers Jeanne.

« Il n'y en a que pour Simenon là-dedans ! C'est hallucinant. Pas besoin de classement alphabétique. Rien que du *S*… »

Elle sourit.

« Eh oui ! Georges Simenon, sa vie, son œuvre, c'était la monomanie de Louis Février. Mon grand-père a consacré un temps fou à le lire et le relire, à écrire sur lui, à enquêter sur lui. "Il y a de quoi faire ! disait-il. Ce type a tant et tant écrit. Il a tant voyagé. Si souvent déménagé. Je n'arriverai jamais au bout de ma quête." Louis, qui était professeur de lettres, consacrait toutes ses vacances à suivre les traces de Simenon. Aux Sables d'Olonne, à Concarneau, La Rochelle, Antibes, par exemple, il photographiait les hôtels où l'écrivain était descendu ; il retrouvait de vieilles dames qui se souvenaient de lui. D'ailleurs, c'est sa passion qui l'a tué. Mon grand-père est mort en pleine filature, alors qu'il descendait vers la Côte d'Azur. Il comptait louer un hors-bord et photographier depuis la mer, à la façon des paparazzi, une grande villa où Simenon avait séjourné. Il est mort cent ans après la naissance de son idole ; en 2003, Liège célébrait le centenaire de l'enfant du pays. Louis Février, grand simenonien, a été très sollicité cette année-là. Il est parti sur une apothéose.

— Il ressemblait à qui, ton grand-père ?

— À Maigret ! Enfin, à Maigret tel que je l'imagine. Parce que chaque lecteur a son Maigret en tête. Mon grand-père était corpulent et taciturne. Mais tu as sûrement dû le voir dans ta salle de lecture. Il fouinait partout… Louis Février, c'était le commissaire Maigret lancé sur les traces de son créateur, et qui ira jusqu'au bout de son enquête, quoi qu'il advienne. Il a été pour moi un très gentil grand-père, pas conventionnel du tout. En dehors de ses recherches infinies sur Simenon, il aimait le cinéma. Du reste, c'est dans un cinéma qu'il avait déniché sa femme : ma grand-mère était une ancienne ouvreuse du Palace. Une femme très douce. Moi, j'avais l'impression que je déroutais Louis et même que je l'intimidais. Il me parlait comme à une grande personne. Je lui ai toujours connu des cheveux tout blancs et je croyais qu'il était né comme ça, avec des cheveux blancs. Il avait beaucoup d'estime pour son père. Quand Eugène et Louis se lançaient dans leurs discussions philosophiques, auxquelles je ne pigeais rien, on aurait dit deux vieux amis.

— Ton grand-père a eu une belle vie. Et pourtant, il était mal parti. Il était né dans les décombres de la guerre, au fond d'une cave, par un hiver de fin du monde. Et surtout, il avait perdu sa maman le jour de sa naissance.

— Oui, Ralph. Par bonheur, Louis a eu le plus merveilleux des papas… Bref, j'adorais Eugène et j'aimais bien Louis. Quant à mon père, il est indigne de cette lignée. La valeur a sauté une génération, chez les Février. Maintenant, je me sens seule…

— Tu as seize ans, Jeanne, et c'est une merveille. Tout est encore possible. Tout commence. J'envie tes seize ans.

— Oui, tu as peut-être raison. Mais j'ai plutôt l'impression d'être à la fin de quelque chose.

— Et puis, tu n'es pas seule. Je suis là, je t'écoute. »

Jeanne sourit. Ses yeux verts, cette fois pleins de douceur, de candeur, m'examinent.

« Je suis trop bavarde. On s'en va ? »

Nous redescendons l'escalier dc chêne.

En passant dans le vestibule, la jeune fille désigne une petite porte :

« Je ne suis jamais entrée là. C'est le seul endroit de sa maison qu'Eugène m'avait interdit.

— On dirait l'histoire de *Barbe Bleue*... La petite clé du cabinet, au bout de la grande galerie...

— Cette porte donne sur l'escalier qui descend vers la cave, où mon arrière-grand-mère est morte.

— Excuse-moi, Jeanne.

— Le grenier, lui, est plein de jolis souvenirs. Je compte l'explorer à nouveau, dans quelques jours. Tu viendras ? »

20

L'enveloppe jaune

Après avoir refermé la maison, Jeanne m'a dit :

« Je peux rester avec toi ? Si on allait se promener sur les hauteurs ? Il fait si beau !

— D'accord. Tant pis pour *La Dépêche* ! D'ailleurs, j'ai déjà tapé tous les textes pour demain. »

Et nous avons grimpé ensemble les rues les plus escarpées de Liège. Nous avons pris place sur un banc, en plein soleil, près des vieux remparts de la Citadelle.

Les cheveux de Jeanne, soyeux, légers, rayonnent dans la lumière.

La ville s'étale à nos pieds.

Dans les collines boisées qui nous font face, au loin, la vallée de la Vesdre et celle de l'Ourthe se dessinent.

L'Ardenne est à l'horizon.

« Bon. J'ouvre l'enveloppe », dit Jeanne.

D'abord, elle retire d'une pochette plusieurs photos d'identité d'un jeune homme. Il est écrit sur cette pochette : *Jim Brady, 1944.*

Un beau visage, empreint de gravité.

« Voilà le portrait que tu dois publier.

— Je suppose que ces photos étaient destinées à de fausses cartes d'identité.

— Sans doute. Eugène m'avait dit un jour : "J'étais magistrat et je falsifiais des papiers. C'est quand même comique !" »

Une lettre datée 12 octobre 1951, adressée à Eugène Février.

Elle porte cet en-tête :

DEPARTMENT OF THE ARMY
Office of the adjutant general
Record administration center

Les premières lignes:

Dear Mr. Fevrier :

Reference is made to your letter of 18 July 1951 requesting information concerning James J. Brady. The information which you desire cannot be determined from your communication…

D'autres lettres dactylographiées, sur le même thème : James J. Brady, inconnu.

Jeanne me tend une photo : quelques jeunes gens dans un bois. Elle met le doigt sur le plus grand de tous :

« Voici Eugène.

— Il a un peu la dégaine de James Stewart… L'acteur aux yeux bleus dans les films de Hitchcock, le plâtré de *Fenêtre sur cour.*

— C'est bien vu. Eugène se tenait légèrement courbé, comme pour s'excuser d'être si grand. C'était un modeste. Un homme intègre, un pur.

— Donc, le genre de personnage que James Stewart a souvent incarné. C'est cet acteur-là aussi qui jouait Glenn Miller dans *Romance inachevée.* J'ai un chouette souvenir de ce film. Quand il est sorti, au début des années cinquante, mon père a rapporté à la maison un disque de Glenn Miller. Ce fut l'un de nos premiers 33 tours. Nous l'écoutions sans cesse, sur le pick-up de la chambre de jeux. Cette musique reflète bien l'état d'esprit qui régnait dans ma famille, en ce temps-là : l'insouciance et la joie de vivre… On aurait dit que nous restions sous le charme de la Libération !

— Tu as retrouvé l'air de *Moonlight Serenade* ?

— Bien sûr. Je le tiens. Il ne m'échappera plus. »

Je le chantonne.

« Pour moi aussi, dit-elle, cette mélodie se rattache à un moment très doux. *Moonlight Serenade* fut mon premier et dernier slow avec Eugène. »

Jeanne s'empare d'une série de négatifs, enveloppés dans du papier transparent. Elle les élève tour à tour vers la lumière.

«Je vois une jeune femme, dit-elle en scrutant l'un des clichés. Cette femme est entourée de fleurs. J'ai l'impression que c'est Jeanne Rivière… »

Et moi, je regarde la petite Jeanne d'aujourd'hui qui découvre, à la faveur d'un rayon de soleil, une Jeanne de jadis, son arrière-grand-mère.

Et je lui dis :

« Sur la photo que tu m'as montrée chez Eugène, je l'ai trouvée très séduisante. Elle fait songer aux jeunes actrices des années trente ou quarante, qui nous fascinent encore, grâce au cinéma. Ces doux visages, superbement éclairés, dans le halo mystérieux du noir et blanc…

— Quelles actrices, par exemple ?

— Paulette Goddard dans *Les Temps modernes* de Chaplin. Jean Arthur dans les films de Capra. Ces jeunes femmes resplendissent. Elles me semblent de plus en plus belles, émouvantes, attirantes, au fil des ans.

— On dirait que tu en pinces pour mon arrière-grand-mère. Sacré Ralph !

— Était-elle aussi dans la Résistance ?

— Je n'en sais rien. Je ne crois pas. Eugène me l'aurait dit.

— C'est vrai que certaines femmes de résistants n'ont connu les activités secrètes de leur mari qu'à la Libération… Ou le jour de son arrestation.

— Tout ce que je sais, conclut Jeanne, c'est qu'Eugène était resté très amoureux de son épouse disparue. Je le sais depuis que je suis toute petite. Les enfants ont des antennes, ils devinent l'intensité des émotions des grandes personnes, sans les comprendre. Je sentais Eugène profondément attendri quand il me montrait le portrait de cette jeune femme, et qu'il tentait de m'expliquer le lien de sang entre elle et moi. Elle était l'éternelle dame de ses pensées. »

Et maintenant, une liste de noms et d'adresses, tapée à la machine. Des hommes et des femmes de Liège et de la région. Un Bruxellois aussi. Et un Parisien.

Eugène a écrit, au crayon, ce commentaire : « Je portais cette liste sur moi. En cas d'arrestation, j'avais pour ordre d'essayer de la manger et de l'avaler. »

La liste des membres du réseau avait été tapée sur une feuille très fine, facile à mâcher…

Je dis à Jeanne :

« Quel terrible danger cette petite liste, en clair, présentait ! D'habitude les résistants se cachaient sous des noms de guerre. Les femmes adoptaient leur prénom préféré. C'était l'occasion de se refaire un prénom. Les hommes se donnaient plutôt des noms de héros… Un peu comme les petits garçons qui jouent à se battre en duel. Il y eut Zorro, Athos, Hector, Achille…

— Eugène, c'était *Midas* ! Cela me revient, tout à coup. Il adorait la mythologie. Il m'avait raconté un jour l'histoire du roi Midas, puni par Apollon. J'étais sur ses genoux, je vois encore l'image, dans son grand livre : les oreilles de Midas changées en oreilles d'âne… Une autre image montrait, je crois, des roseaux. Je ne sais plus pourquoi.

— C'est la suite de l'histoire. Midas cache ses oreilles d'âne sous un bonnet. Mais son barbier s'en aperçoit. Il est le seul à connaître le secret du roi. Et cet homme n'en peut plus de garder ça pour lui. Il fait un trou dans le sol, à l'écart. Il murmure le secret à la terre qu'il a creusée. Puis il rebouche le trou et s'en va. Mais un massif de roseaux pousse au même endroit, dans la terre remuée. Et, au bout d'un an, ces roseaux vont trahir le barbier. Quand le vent les agite, ils répètent : “Le roi Midas a des oreilles d'âne… ”

— Oui. Maintenant je me rappelle. Eugène m'avait dit que, pendant la guerre, il avait pris ce nom-là : *Midas*. Mais c'était un secret… Ralph, c'est étrange, tu viens de déterrer en moi un très ancien souvenir. »

Et Jeanne recommence à fouiller l'enveloppe jaune. Elle en retire une médaille pieuse, au bout d'une chaînette. Elle l'examine.

« C'est saint Christophe, les pieds dans la rivière, l'épaule chargée de l'Enfant Jésus. D'où vient-elle donc, cette médaille ? Quelle est son histoire ? Que fait-elle dans cette enveloppe ? »

Jeanne passe le bijou à son cou.

« Qu'en dis-tu, Ralph ? Ce médaillon est un peu voyant, un peu kitsch, mais joli. Je l'adopte. Il ne me quittera plus. Tu m'aides à l'attacher ? »

Elle soulève sa chevelure.

Mais la jeune fille sursaute. Un coup de vent a failli emporter les négatifs, posés sur ses genoux.

Elle les remet dans le papier transparent.

« Je suis folle d'examiner ces documents ici. Je continuerai l'inventaire dans ma chambre, à mon aise. C'est tellement précieux pour moi ! On dirait qu'Eugène avait rassemblé l'essentiel, dans ses derniers jours. Sa jeunesse est au fond de cette enveloppe. Elle reste pour moi pleine de mystère. Eugène m'a très peu parlé de sa guerre à lui. J'ai souvent eu le sentiment que ce fut le ciel noir de sa vie. Le temps de toutes les privations. Quand j'étais petite, il se fâchait si je refusais d'achever mon assiette. "On ne jette pas de la nourriture", disait-il.

— Mon père était le même. Il avait connu la faim en captivité. Lorsque nous disions, à table : "J'aime pas ça ! ", il haussait le ton : " Vous irez en Allemagne ! " Parfois même, il allait chercher dans son bureau sa cravache d'officier de cavalerie, pour nous donner une cinglante petite leçon… »

Jeanne referme l'enveloppe jaune.

Une chaîne en or brille désormais à son cou.

21

La ville au loin

Nous contemplons Liège, les détours lumineux de la Meuse, au creux de la vallée.

Jeanne rompt le silence.

« Tu ne portes pas d'alliance, Ralph. Tu es un vieux garçon ?

— Pourquoi ? J'en ai l'air ? Je suis marié. Ma femme s'appelle Lucile. Nous avons deux filles, qui seront bientôt des mamans. Mais nous nous sommes séparés au printemps de l'an dernier. Lucile est retournée vivre dans son village natal. Elle en avait assez de la ville… et de l'homme qui l'avait attirée là, il y a trente ans. Elle aime jardiner, elle le fait à merveille. Elle rêvait d'un grand jardin. Maintenant…

— Maintenant ?

— Lucile me manque. Je ne désespère pas de la reconquérir lorsque nous aurons des petits-enfants. Je me réjouis de la découvrir en jeune grand-mère.

— Comment est-elle ?

— Ce qui frappe, d'abord, c'est l'extraordinaire clarté de ses yeux bleus. Leur belle lumière. Déjà son prénom le dit. »

Jeanne sourit.

« Il me semble que les femmes aux yeux clairs te fascinent… »

La petite Jeanne au regard limpide a rougi.

Elle passe à autre chose.

« Vue de haut, cette ville a quand même de l'allure, dit-elle.

— Je trouve aussi. Aujourd'hui, la Meuse a une couleur particulière. Blanc-vert… Cette couleur lui est donnée par le ciel. Elle change avec les saisons. Moi, j'aime mieux encore la Meuse sous un ciel gris.

— La "couleur Simenon", aurait dit mon grand-père.

— Jeanne, sais-tu que, pendant la guerre, tous les ponts de Liège avaient été détruits ? Les gens devaient traverser le fleuve sur des passerelles de bois, bringuebalantes, ou sur des bacs. Tu pourrais me dire le nom de chaque pont ?

— Oui, je crois. Et celui des églises aussi. Chacun de ces clochers a une forte personnalité.

— La ville a eu bien des malheurs au cours des siècles. De grands prédateurs européens sont passés par cette vallée. En 1468, l'armée de Charles le Téméraire campait sur ces hauteurs mêmes où nous nous trouvons maintenant. Le duc de Bourgogne s'apprêtait à lancer l'assaut final contre cette ville qui osait lui résister. Il avait invité le roi de France, Louis XI, à assister au spectacle. À ce moment-là, la situation des Liégeois est désespérée.

Seul un coup de main dans le camp bourguignon pourrait sauver la cité. Il faut enlever ou tuer les deux souverains... Le coup a failli réussir.

— Tu me racontes ?

— Une nuit d'octobre, un commando sort de la ville par la porte Sainte-Marguerite. Ces hommes – des durs parmi les durs – longent les fossés et gravissent la colline, en suivant les chemins que nous venons de prendre. Ils arrivent devant la porte Sainte-Walburge, qui s'ouvre sur le camp ennemi. Le duc de Bourgogne et le roi de France sont logés dans deux maisons voisines, qui ont été localisées avec précision. Le commando liégeois atteint le rez-de-chaussée de la première demeure... Charles n'est plus qu'à quelques mètres. Un combat furieux s'engage. La garde bourguignonne se fait tuer en bloquant l'escalier qui mène à la chambre du duc. Mais c'est trop tard. L'alerte est donnée. Profitant du désordre, les Liégeois se replient et regagnent la cité.

— Et si le duc avait été tué ?

— Tout aurait été bouleversé. Avec la mort de ce chef, qui terrorisait ses propres sujets, c'en était fini des conquêtes bourguignonnes.

— Qu'est-il arrivé ensuite ?

— L'armée du Téméraire a eu vite fait de franchir les remparts démantelés. La ville a été livrée au pillage systématique, quartier par quartier. Le duc a ordonné la destruction totale de Liège. Même le nom de la cité maudite devait être rayé des mémoires. Pendant près de deux mois, les incendiaires et les démolisseurs se sont acharnés. Seules les églises ont été épargnées. Le duc de Bourgogne ne pouvait abattre la maison de Dieu. Ça lui aurait porté malheur. Neuf ans plus tard, il allait quand même être bouffé par les loups, en assiégeant Nancy. La principauté de Liège pouvait renaître. »

Jeanne ne cesse de regarder la ville. Elle me dit :

« Au fond, pendant l'hiver 1944, Hitler n'a pas fait autre chose que Charles le Téméraire.

— Tout juste ! Il a châtié les Liégeois à sa manière, avec d'autres armes, les V1 et les V2… *Vergeltung Ein* (Vengeance Un)… Imagine un instant le tableau, ma petite Jeanne… Imagine ces avions noirs, sans pilotes, bourrés d'explosifs surpuissants, qui se sont abattus par centaines sur une ville et ses alentours, comme des oiseaux de proie. *Vergeltung Zwei* (Vengeance Deux), énorme fusée supersonique, la tueuse silencieuse, car on ne l'entendait pas venir. Si la guerre s'était prolongée, sans doute aurions-nous connu Vengeance 3 et peut-être Vengeance 4. Mais toi, Jeanne, tu es une enfant du présent, une enfant de l'Europe pacifiée. Il faut pardonner, nous sommes condamnés à pardonner. Dis, Jeanne, mes histoires ne t'ennuient pas ?

— Non. Raconte encore…

— Sans doute les Allemands espéraient-ils, avec ces armes, renouveler leurs exploits de 1940, quand leur aviation avait provoqué la panique.

Ce qui avait désorganisé les opérations militaires. Mais cette fois, ils en ont été pour leurs frais. Les Liégeois, qui en avaient déjà beaucoup vu, ont tenu bon. Personne n'a bougé. Liège est située au carrefour de plusieurs pays. La Hollande et l'Allemagne ne sont qu'à quelques kilomètres. C'est sa chance. Ce fut aussi son problème, en temps de guerre. En août 1914, elle a été la première ville à subir le choc de l'invasion allemande. Les forts qui l'entouraient se sont très bien défendus contre les troupes du Kaiser. Au point que, pour certains historiens, la résistance de Liège, en retardant la progression des Allemands, a contribué au miracle de la Marne. C'est en tout cas ce que le président français Poincaré a dit aux Liégeois en remettant la Légion d'honneur à leur ville, en 1919.

— Eugène m'avait raconté ça. Et c'était d'ailleurs un de ses plus lointains souvenirs. Il avait cinq ans. Son père l'avait hissé sur ses épaules, au milieu de la foule rassemblée place Saint-Lambert.

— Dans le quartier tranquille où nous sommes, les boulevards et les rues portent des noms de régiments, de généraux. Il y a aussi une " allée de l'Absent". Dans le parc, derrière nous, se trouve l'Enclos des Fusillés de la Citadelle. Le spectacle de ces quatre cents croix blanches, en rangs serrés, est très dur. Un mur garde l'impact des balles. Le prêtre qui assistait les condamnés à mort a été enterré là après la guerre, à sa demande. Il est pour toujours auprès des fusillés. Certaines croix sont fleuries. Des familles se souviennent de ces résistants. Un jour viendra peut-être où on ne verra plus de fleurs dans cet enclos, à part les gerbes officielles… Excuse-moi, Jeanne… Tu as devant toi un historien qui pérore comme s'il se trouvait devant un auditoire. Et puis, ces jours-ci, j'ai la tête surchargée de choses du passé… Tous ces souvenirs que les gens m'apportent au journal, et que j'engrange…

— Oui, je sais. Tu es un " moissonneur de souvenirs ". C'est ce que tu m'as dit la première fois que je t'ai vu. Et c'est peut-être pour ça qu'aujourd'hui, je t'ai parlé de mon enfance… Dis, Ralph, il va falloir que je m'en aille. J'ai un cours au Conservatoire à cinq heures. On prend le bus ?

— Si tu veux. Mais moi, j'aime mieux rentrer à pied. Je compte passer quand même au journal, pour m'occuper de la photo de Jim Brady. Je demanderai qu'on la publie deux fois. C'est plus sûr. »

Nous avons quitté le banc. Nous longeons les remparts.

« Voilà un bus ! Je file… Salut, Ralph.

— Dites donc, mademoiselle, n'oubliez pas le guide ! »

Je lui tends la joue. Elle y dépose un baiser.

La petite Jeanne s'esquive. Elle court vers le bus, y monte de justesse.

Le soleil abandonne les hauteurs de la ville.

Drôle de fille !

Un peu crampon, mais fraîche et lumineuse.

D'emblée, sans me connaître, elle a fait de moi son confident.

Cette après-midi, elle m'a raconté sa jeune vie… Et elle m'a présenté ses aïeux : Louis, le fou de Simenon ; Eugène, l'arrière-grand-père adoré ; Jeanne Rivière, son épouse, si jeune, si belle, si éphémère.

Et elle m'a forcé à dire des choses que, jusqu'alors, je gardais pour moi. Lucile…

Je sens que je n'en ai pas fini avec cette adolescente. Tant que nous n'aurons pas retrouvé la trace de Jim Brady, elle me talonnera.

22

Un homme caché

La photo de l'aviateur américain a paru le lendemain dans *La Dépêche.*

Reconnaissez-vous cet homme ? Avez-vous rencontré en 1944 le capitaine Jim Brady, de l'US Air Force, originaire du Nebraska ? L'avez-vous aidé ?

Jim a l'air pensif. La pâleur que révèle la photo d'identité tient sans doute à sa condition d'homme caché.

Il porte un nom d'emprunt. Cette cravate lignée n'est pas à lui. Pas plus que ce veston, un peu étriqué.

L'aviateur américain a été conduit dans l'arrière-boutique d'un photographe, membre du réseau.

Il sort du magasin. Quelqu'un le précède, à une certaine distance. Cet homme ou cette femme, le cœur serré, l'entraîne au fond d'une cachette. Jim Brady va se retrouver dans une cave ou un grenier, équipé d'un lit de camp.

Si quelque passant l'aborde dans la rue, Jim a pour instruction de ne pas ouvrir la bouche.

Les résistants qui encadrent les aviateurs alliés sont d'avance condamnés à mort, s'ils tombent aux mains de l'ennemi. Ils en sont bien conscients.

Eugène avait raconté à Jeanne que Jim Brady aimait entrer dans une église. Laquelle ? Saint-Jean, Saint-Paul, Saint-Barthélemy, Saint-Jacques, Sainte-Croix, Saint-Christophe… À Liège, il y a dans tous les coins, des églises, très anciennes et très belles. Parfois deux ou trois dans le même quartier. Avec une chaire de vérité, majestueuse, des confessionnaux chargés de mystère, des statues magnifiques, qui semblent bouger dans l'ombre. Et des angelots partout …

Aux temps des grandes épidémies, des guerres interminables, les artistes exploitaient beaucoup le thème de l'ange gardien.

C'est la guerre et Jim Brady a rudement besoin de cet ange gardien qui l'attend, qui fait le guet près de la porte de l'église.

Agenouillé sur un banc, Jim peut enfin s'exprimer. Il demande de l'aide à Dieu, dans la langue de son enfance.

23

Sous la salle de danse

Jeanne me téléphone au journal.

« L'enquête progresse ?

— Non. Mais je vais interviewer tout à l'heure un type dont la mère a caché de nombreux aviateurs.

— Moi, j'ai les photos.

— Quelles photos ?

— Les épreuves que j'ai fait tirer des négatifs trouvés dans l'enveloppe jaune. C'est une série de portraits de mon arrière-grand-mère, dans un jardin plein de fleurs et de soleil. Jeanne Rivière est photographiée aussi dans un sous-bois, avec de subtils jeux d'ombres et de lumières sur le visage. Elle est mystérieuse et resplendissante. J'aurais envie de lui prendre les mains, de lui parler à l'oreille, dans ce sous-bois, de tout lui confier, comme à une amie. Était-elle déjà amoureuse d'Eugène ? Elle paraît si jeune. Sur certaines images, on remarque, à l'arrière-plan, un champ de tournesols. Ce n'est pas un paysage de chez nous. Ah oui ! Encore une chose…

— Dis…

— Jeanne porte à son cou le médaillon de saint Christophe. »

L'après-midi, Pierre, mon nouveau témoin, se présente à la rédaction. Je l'entraîne dans la salle des archives, toujours déserte. La rencontre y sera plus discrète.

En voyant les collections de journaux qui recouvrent les murs, Pierre s'extasie. Il recherche le volume de l'année de sa naissance : 1929.

Pour lui aussi, 1944 fut l'année de toutes les aventures…

« Ma mère tenait le café Lacroix, à Embourg, sur la grand-route de Liège à Spa… Un café bien connu, en ce temps-là. Elle s'appelait Maria. C'était une résistante armée. Elle recueillait des aviateurs anglais ou américains, tombés dans la région, et des résistants, des évadés que l'Armée secrète voulait faire passer en Angleterre.

— La photo de l'aviateur américain parue dans le journal vous dit-elle quelque chose ?

— Non. Mais il est fort possible qu'il ait été caché par ma mère. Surtout si vous me dites que son avion s'était écrasé dans les Ardennes. Le café Lacroix était un important relais dans cette filière d'évasion vers Liège. Les fugitifs se terraient au fond d'un réduit obscur, sous le plancher de la salle de danse. Seule ma mère se rendait dans cette cave, toujours la nuit. Elle leur apportait de la nourriture. Jamais personne n'aurait pu soupçonner que quelqu'un se cachait là-dessous. Je vais vous montrer… »

Pierre dessine un schéma des lieux : le café, la salle de danse et la scène. Au sous-sol : la cuisine et le réduit en question.

« Les aviateurs se tenaient couchés sur un tas de gravats, dans une complète obscurité. Après avoir vécu comme des taupes pendant deux ou trois jours, ils sortaient de leur trou. J'en ai aperçu quelques-uns qui s'éclipsaient, au petit matin. Ils portaient des costumes civils. Ils attendaient le bus au bord de la grand-route. Ou encore l'Armée secrète les embarquait dans une voiture. J'avais quatorze ans. Je n'étais pas censé être au courant. Je n'en parlais jamais avec ma mère. Elle avait un pistolet, un Walter PPK 7.65, qui avait appartenu à un lieutenant de l'armée allemande. Je l'ai encore.

— Son manège n'a jamais été découvert ?

— Non. Et cela tient du miracle. »

« Quel souvenir gardez-vous du jour de la Libération ?

Le regard du vieux monsieur s'éclaire…

« Ce fut le jour de la Hortsch en panne…

— Expliquez-vous.

— C'est simple. Le 7 septembre après-midi, la Wehrmacht avait investi le café Lacroix, pour étudier un plan de retraite vers l'Allemagne. On entendait au loin des grondements de canons. Les Américains arriveraient-ils par le bas ou par le haut ? C'était toute la question que se posaient les Allemands. J'épiais les officiers par le trou de la serrure. Ils étaient surexcités. Ils avaient déployé de grandes cartes d'état-major. Trois véhicules étaient garés devant le café Lacroix : une limousine Hortsch, réservée aux officiers, une voiture amphibie et un camion de munitions. Vers quinze heures, les Allemands se décident à partir. Je regarde les soldats vert-de-gris s'activer autour de la limousine, qui ne démarre pas. Affolement, grosses engueulades. La réparation va prendre plus d'une heure. Et ce retard sera fatal aux Allemands. Enfin les trois véhicules se mettent en route.

— Dans quelle direction ?

— Vers le haut, vers Beaufays. C'était le mauvais choix. Car, arrivés dans la vallée de l'Ourthe, les Américains étaient montés jusqu'à Beaufays. Ils comptaient redescendre vers Vaux-sous-Chèvremont, Chênée, Liège, et, de là, foncer sur Aix-la-Chapelle, sans désemparer… Revenons à Embourg. Les trois véhicules allemands dépassent l'église. L'avant-garde américaine est toute proche. Un canon de 4.7 est en place à la hauteur du fort d'Embourg. Il tire un premier obus. Quelqu'un crie : "Deux cents mètres trop court !" Le deuxième coup atteint de plein fouet le camion de munitions. Tous les Allemands sont tués... Une quinzaine d'hommes. Un Américain, le lieutenant Ross, est fauché par une balle perdue.

— Et vous, monsieur, où étiez-vous passé ?

— J'ai couru comme un fou pour voir les Américains. Si quelqu'un ne m'avait pas retenu par le col, in extremis, j'aurais été écrasé par un de leurs tanks. Quelle journée ! »

Après la Libération, une ambiance jazz régna au café Lacroix.

Le fils de la maison me raconte, avec entrain :

« C'était complet tous les soirs : bal champêtre, animé par un orchestre américain. Les jeunes filles d'Embourg et des environs venaient danser le boogie-woogie. Des milliers de militaires sont passés chez nous. Les Anglais et les Américains ne s'entendaient pas. Quand ils se battaient à coups de poing, mon père baissait les volets. Dans nos cuisines, installées au niveau du réduit où les aviateurs s'étaient cachés naguère, des cuistots préparaient des plats pour quelque 2 500 hommes des différents cantonnements. J'allais manger avec eux. Il y avait en outre plusieurs séances de cinéma par jour. J'ai vu dix-sept fois le même film policier ! »

Pierre sourit à ce souvenir et continue son récit.

« Les Britanniques du café Lacroix furent parachutés sur Arnhem, aux Pays-Bas.

Un jour, nous avons vu revenir l'un d'entre eux. Il nous expliqua, en sanglotant, que, sur les treize

Britanniques cantonnés dans notre café, il était le seul survivant. Il me regardait. Il avait un fils en Angleterre…

Par la suite, d'autres soldats revenant du front s'arrêtèrent chez nous, pour prendre un peu de bon temps.

J'ai vu des Américains qui avaient été encerclés par les Allemands à Bastogne. Ils étaient presque fous ; ils nous faisaient peur. L'un d'eux, Bob, était devenu un zombie. Il sortait de ses poches des liasses de dollars, plantait un couteau dans le comptoir et criait : "Cognac !" »

Après la guerre, Maria fut lourdement taxée : le café Lacroix avait si bien marché à la Libération ; la patronne avait dû faire des bénéfices extraordinaires.

Maria refusa toute décoration. Elle disait : « Si mon fils s'était trouvé en détresse à l'étranger, j'aurais été bien contente que quelqu'un s'occupe de lui. »

Pierre me tend une photo de sa mère.

Une dame aux lunettes rondes, au chignon strict… Maria n'avait pas l'air commode.

Le portrait de cette femme intrépide paraîtra demain dans *La Dépêche.*

24

Le briquet

« Est-ce à monsieur Demy que j'ai l'honneur de parler ?

— Lui-même.

— Je vous appelle à propos de ce pilote américain dont vous avez publié la photo… Le capitaine Jim… Figurez-vous que j'ai eu la chance de le croiser à Liège pendant la guerre. Je lui ai donné un petit coup de main.

— C'est formidable ! Je suis content… Étonné aussi. Quand puis-je vous voir, monsieur ? Ce mercredi après-midi, de préférence. Je souhaiterais qu'une jeune amie, lycéenne, assiste à notre entretien.

— Si vous voulez. Moi aussi je viendrai avec un ami. Il est très attaché à cette époque. »

Le soir, je téléphone à Jeanne :

« J'ai reçu un coup de fil d'un monsieur qui prétend avoir rencontré Jim Brady. Il a l'air sérieux. Je crois que nous tenons un bon début de piste. Il viendra au journal mercredi à quatre heures.

— Génial ! Je serai là. De mon côté, j'ai fait une belle découverte dans l'enveloppe jaune. Mais je t'en parlerai mercredi. Nous sommes sur écoute…

— Où es-tu en ce moment ? »

Elle baisse le ton.

« Dans ma chambre. Mon père est derrière la porte. Il m'espionne. Il se demande si je n'ai pas un petit ami. Depuis quelques jours, il fait des insinuations, il essaie de me piéger. Quel con ! Attends, je vais le stresser un peu … »

Elle ajoute, bien haut :

« À demain, Cédric, je t'aime ! »

Mercredi après-midi, Jeanne me rejoint à la rédaction avec un peu d'avance.

Elle est différente. Je me demande si elle ne s'est pas maquillé les yeux. Une ombre sous les sourcils ?

« Vous êtes bien jolie, mademoiselle… »

Elle rougit. Son teint pâle trahit ses émotions les plus insignifiantes.

Elle me tend une enveloppe et me dit tout bas :

« C'est une lettre qu'Eugène m'avait écrite quelques jours avant sa mort. Je l'ai trouvée dans l'enveloppe jaune. Je t'en ai fait une copie. Oui, Ralph, tu la liras. Mais pas ici. Pas maintenant. »

Le téléphone sonne. Muriel, la demoiselle rieuse de l'accueil :

« Ralph, ton rendez-vous est là. »

Je me poste devant l'ascenseur. Surgissent deux messieurs aux cheveux argentés, pareillement vêtus d'un loden vert. L'un et l'autre se dégantent pour me serrer la main.

Ils se présentent : Gaston de G..., Christian de L...

Deux noms de l'aristocratie liégeoise.

Gaston et Christian inclinent la tête devant Jeanne Février.

J'ai déjà interviewé ce Christian : c'est lui qui, pendant la guerre, habitait à côté de la « maison du diable », la *Geheime Feldpolizei*.

Nous nous installons à la table de la salle des archives. Je déclenche mon magnétophone. Le rouge est mis. Je ne veux pas perdre un seul mot du récit qui va venir.

Gaston prend la parole.

« J'avais quatorze ans en 1944. Nous étions des gamins. Nous faisions tout ce que nous pouvions pour embêter les Allemands. Par exemple, quand nous prenions le tram, nous nous amusions à faire des trous dans les uniformes vert-de-gris, avec nos cigarettes, faites de feuilles de rhubarbe. En ce temps-là, on pouvait fumer dans les trams.

— Et moi, intervient Christian, j'habitais près du séminaire. L'évêque passait régulièrement sous nos fenêtres, en lisant son bréviaire. J'avais attaché à une ficelle une pièce de 25 centimes – vous savez, celle qui était percée d'un trou en son milieu. Je lâchais la ficelle du haut de ma fenêtre et je faisais résonner la pièce de monnaie sur le trottoir, juste derrière l'évêque qui passait. Et hop ! Ni vu ni connu, je remontais mes 25 centimes. L'évêque s'arrêtait et, croyant avoir perdu un sou, il le cherchait sur le sol… »

Le vieux monsieur rit. L'autre le reprend :

« Tu t'égares, mon cher Christian.

— Tu ne trouves pas ça drôle ?

— Si, mais ça n'a rien à voir avec la guerre. Sois un peu sérieux ! Et puis, n'oublie pas que notre évêque était un grand résistant. Je peux continuer ? »

« Dès 1941, ma mère, qui était veuve, était entrée dans la Résistance. La zone 4 de l'Armée secrète, la zone de Liège, comportait trois centres de redistribution des messages radio envoyés de Londres. Ces centres se trouvaient dans trois châteaux de la région : l'un à Lexhy, un autre à Waroux et le troisième, le nôtre, à Bierset.

Quand un message arrivait dans l'un des châteaux, il fallait " casser la ligne ". On devait porter, à telle adresse, un papier qu'on n'avait pas le droit de lire. Et le destinataire ne devait en aucun cas savoir d'où le message venait.

Le secret était si grand qu'un jour, ma sœur Jacqueline, arrivant à un rendez-vous, près du pont des Arches, fut stupéfaite en constatant que le réceptionnaire de son message était sa cousine

Françoise. Les deux jeunes filles s'embrassèrent en riant.

Moi aussi, je servais parfois d'estafette. Un soir, j'ai eu une belle frayeur... On m'avait chargé de porter un message au château de Lexhy. Je dois le remettre à la comtesse de B... Je glisse le papier dans ma poche. J'ai pour consigne, en cas d'alerte, de l'avaler. Je monte sur mon vélo. J'arrive au château. Et je suis épouvanté ! Une limousine Mercedes à croix gammée et deux motos sont stationnées dans la cour. Les Allemands sont-ils venus arrêter la comtesse ? Je mets le message en bouche et je fais demi-tour. En vitesse.

J'apprendrai plus tard que madame de B... recevait ce soir-là le général von Falkenhausen, gouverneur allemand de la Belgique. C'était un modéré, un aristocrate de la Wehrmacht, très suspect aux yeux des S.S. Et si la comtesse le recevait à dîner, c'était pour tenter d'obtenir de lui la grâce de condamnés à mort, emprisonnés à la citadelle de Liège. Cette grande dame a ainsi sauvé plusieurs vies. »

« Parlons de Jim Brady... Comment l'avez-vous rencontré ?

— C'était aussi en 1944. Au printemps. Malheureusement, je n'ai pas retenu la date. Ce jour-là, j'ai été appelé, avec mon autre sœur, Bernadette : "On aimerait vous confier une mission, à tous les deux."

Il s'agissait d'aller chercher deux aviateurs américains au château de Waroux. D'où venaient-ils ? Où leur appareil était-il tombé ? Qui les avait menés dans ce château ? Nous ne pouvions pas le savoir. Nous devions, ma sœur et moi, les conduire en tram chez une dame de Liège qui acceptait de les héberger provisoirement.

Nous avons donc rencontré à Waroux les deux aviateurs : Jim Brady et un Indien … »

Jeanne s'exclame :

« Un vrai Indien ?

— Oui. Un Sioux, appelé Amos Neka.

— Et l'autre ?

— Jim était encore plus grand que l'Indien. J'appartenais à une famille très patriote. Et j'étais tellement fier de convoyer en secret deux héros du ciel. Oui, j'étais tout pénétré de ma mission en suivant, avec ma sœur, cette route de campagne, jusqu'à l'arrêt du tram. Nous longions un champ de betteraves. Je sentais sur mon visage le petit crachin habituel. Et pourtant je vivais un moment exceptionnel. Et je dois dire que je n'avais pas peur, même si la présence de notre Sitting Bull pouvait attirer l'attention. Les deux Américains m'avaient l'air complètement inconscients du danger.

— Jim Brady présentait-il un signe particulier ?

— Non… Mais je me rappelle très bien son visage.

— La couleur des cheveux ?

— Auburn.
— Les yeux ?
— Clairs. Ce garçon avait un regard intense, ardent. Ça m'a frappé. Je me retournais de temps en temps, pour voir s'ils ne s'étaient pas éclipsés, lui et l'Indien. Est-ce que je ne rêvais pas ? Les deux aviateurs marchaient vite. Et moi, je n'avais jamais fait d'aussi grands pas. Le capitaine Jim avait la prestance d'un de ces héros invincibles qui peuplaient les illustrés de mon enfance, Flash Gordon, Mandrake le Magicien… Ces héros américains, d'ailleurs, avaient été censurés par l'occupant. Ils allaient réapparaître chez nous en septembre, dans les *comics* que lisaient les G.I's.
— Vous avez donc pris le tram de Liège, tous les quatre…
— Oui. Ma sœur et moi sommes restés debout sur la plate-forme. Les deux Américains se sont assis. Au deuxième arrêt, dans la côte d'Ans : catastrophe ! Un officier allemand monte et s'installe à la seule place libre : à côté de Jim. Je reverrai la scène toute ma vie… Voilà que l'Allemand sort un étui de cigarettes et donne un coup de coude à son voisin pour lui faire comprendre qu'il veut du feu. Sans hésiter, Jim sort de sa poche son briquet à essence, à grosse flamme. Vous savez, ce briquet des G.I's, on ne peut plus caractéristique. Mais l'Allemand n'y a vu que du feu… C'est le cas de le dire ! Bon, nous voici au terminus : la place Saint-Lambert. Ma sœur marche devant les deux aviateurs et moi derrière. J'avais mis au point avec elle une gestuelle.

Nous sommes arrivés à destination : un hôtel de maître de la rue Fusch, en face du Jardin botanique. J'ai sonné. Une dame blonde, d'un certain âge, a ouvert la porte. J'ai prononcé le mot de passe. Un truc idiot : "Nous venons de la part de monsieur Dumollet..." La dame a répondu : "A-t-il fait bon voyage ?" Vous voyez le style... Jim m'a tapé sur l'épaule. Il m'a dit : "*Thank you, Gaston*". Et il m'a adressé un sourire éclatant... Ce "sourire américain", juvénile, irrésistible, qui allait se multiplier dans nos rues, quelques mois plus tard.

— Ensuite ?

— Avec ma sœur, je me suis un peu reposé sur un banc, du côté des serres, à proximité de cette maison. Nous nous remettions de nos émotions. Au bout de quelques minutes, une musique tonitruante a éclaté. Elle provenait d'une fenêtre ouverte, au deuxième étage de la maison. C'était du jazz. La fenêtre a été aussitôt refermée. J'imagine que les deux Américains avaient déjà trouvé une longueur d'ondes à eux, sur la TSF de leur logeuse. Et que cette dame, affolée, venait de les rappeler à l'ordre.

— En somme, monsieur, vous avez vu des Américains à Liège avant tout le monde, cette année-là...

— Oui, peut-être. Mais ils étaient en civil. Et je ne pouvais évidemment pas m'en vanter.

— Avez-vous revu Jim Brady ?

— Jamais. Nous avions accompli notre mission. Il fallait maintenant "casser la ligne".

Pour finir, Jeanne montre à Gaston un portrait de jeunesse de son arrière-grand-père.

« Lui aussi est venu en aide à Jim Brady, dit-elle. Eugène Février était un magistrat liégeois. Les résistants l'appelaient *Midas*. L'auriez-vous connu ?

— Non. »

J'ajoute :

« Après la guerre, le juge Février n'a jamais pu obtenir de renseignements officiels sur le capitaine Brady.

— Cela ne m'étonne pas tellement, dit Gaston. À l'époque, l'armée US était réticente à informer les étrangers sur le sort de ses boys. Vous savez, en janvier 1945, un demi-million de G.I's étaient stationnés entre Liège et la frontière allemande. Vous imaginez le méli-mélo amoureux qui a pu se produire avec les jeunes femmes de chez nous. Ce fut la guerre chaude, si j'ose dire. Après, il y eut la guerre froide, et les autorités américaines se méfiaient énormément des services de renseignements communistes. D'où leur discrétion. »

Christian intervient :

« Pour ma part, je suis très impliqué dans l'organisation des cérémonies anniversaires de la Libération, qui auront lieu en septembre. Nous sommes en contact avec des associations de vétérans américains. Si vous le souhaitez, je puis mener ma petite enquête sur Jim Brady. Que savez-vous de lui ?

— Presque rien. Il venait du Nebraska…

— Il faudrait connaître le nom du *county* où résidait ce jeune aviateur. Et, là-bas, tomber sur un sheriff complaisant, qui nous aiderait à retracer son parcours.

— À propos, messieurs, êtes-vous cinéphiles ? Je me souviens vaguement d'un film intitulé *L'Homme du Nebraska*. Un western du début des années cinquante… Est-ce que cela vous dit quelque chose ?

— Oui, bien sûr ! répond Christian. C'était avec la belle Roberta Haynes. J'ai dû le voir au Carrefour ou au Crosly… ou encore à L'Américain, rue de la Régence. Le film était en relief. Mais chez nous, il n'a été montré qu'en deux dimensions. Ce qui est bien dommage : Roberta Haynes avait des seins fantastiques. »

Gaston s'enflamme :

« Lançons-nous sur la piste du Nebraska, comme les pionniers dans leurs chariots ! Ah ! quel bonheur ce serait de retrouver Jim ! Et le Peau-Rouge aussi… Mais ne rêvons pas trop. Ces deux hommes sont-ils encore en vie ? »

25

La lettre d'Eugène

« Ma petite Jeanne,

Ce soir, j'ai envie de t'écrire quelques mots, dans mon fauteuil, de bavarder encore un peu avec toi.

Qu'est-ce qui nous a pris de danser le boogie-woogie ? Nous nous en sommes pas mal tirés. Depuis toujours, nous formons un bon duo.

Tu viens de partir, après avoir laissé un mot pour l'aide familiale qui passera demain. Tu t'es assurée que tout était en ordre. Tu as remis à leur place mes vieux disques de jazz et tu as lancé sur le pick-up cette musique de Bach, qui m'enchante pendant que je t'écris. Tu m'as dit : "Je laisse la lumière dans le corridor... " Ça m'a rappelé la phrase habituelle de maman, une fois qu'elle m'avait mis au lit. Tu m'as souri et tu as filé, sur ton vélo... Sois prudente !

Tu sais, Jeanne, mes promenades avec toi, quand tu avais deux ou trois ans, sont parmi les plus beaux souvenirs de ma vie. Je perds un peu la mémoire. Mais les heures bénies de ta prime enfance, je ne risque pas de les oublier.

J'étais déjà un très vieil homme. Ta présence à mes côtés changeait tout.

La petite rouquine bouclée me valait un succès fou. Dans les rues, dans les parcs, les dames souriaient en te voyant trottiner à côté de moi ou même juchée sur mes épaules (car j'étais encore tout à fait capable de te porter). Et ces regards amusés, ces sourires de connivence me remplissaient d'orgueil. Tu étais mon petit soleil.

Quand, au sortir du jardin d'enfants, tu n'avais pas trop envie de marcher, tu disais, en me tendant les bras : *Ze suis crop fatiguée.* Et moi, bien entendu, je craquais.

Je te soulevais. On parle toujours du poids des ans. Je prenais d'un seul coup trois ans de plus sur les épaules. Tes trois ans. Mais j'avais le cœur si léger.

Alors, tu disais : " Comme ça, je suis plus grande que tout le monde. " Et moi, je me sentais plus fort, mieux enraciné dans la vie. Nous formions une sorte de géant à deux têtes. Un être invulnérable.

Chemin faisant, tes petites mains posées sur mes joues, tu me confiais tout ce qui te traversait l'esprit. Je ne perdais rien de tes paroles, de ces phrases malhabiles, que tu construisais pourtant de mieux en mieux.

" Car les petits enfants étaient hier encore dans le ciel, et savaient ce que la terre ignore. "

C'est Victor Hugo qui le dit. Je ne me prends pas pour Victor Hugo. Mais les poèmes de *L'Art d'être grand-père* me parlent d'autant plus au cœur que la petite-fille adorée du grand homme s'appelait Jeanne.

Tu étais curieuse de tout, tu tournais la tête sans cesse, pour ne rien perdre du spectacle de la vie. Et moi, je t'imitais, je m'ouvrais au monde, je le redécouvrais à travers tes yeux, au lieu de me pencher, comme d'habitude, vers l'intérieur, vers cette eau morte, au fond du puits des vieux souvenirs.

Un jour, dans le parc, tu m'as dit à l'oreille : "Eugène, je t'aime jusqu'au ciel..." J'ai failli trébucher d'émotion.

L'an dernier, quand ton grand-père et ta grand-mère ont trouvé la mort, tu es venue à ma rescousse. Tu as été mon bon ange. Quelle force tu as ! Quelle volonté ! Tu es le portrait de Jeanne, ma jeune épouse disparue.

Je ne serai plus très long à la rejoindre.

Pourtant, j'aime beaucoup la vie. C'est ce que le bon Dieu nous a donné de mieux, la vie. Cette cantate de Bach, pleine d'allégresse, que j'écoute en ce moment... Le bruit des vagues, ou celui des feuillages frémissant sous le vent, ton regard limpide d'enfant... Je n'aurais pas voulu manquer ces merveilles ! Aux pires heures, j'ai gardé cet attachement à la vie. C'est peut-être pour ça que je suis si vieux.

Je ne t'ai guère parlé de mon épouse chérie, des circonstances qui nous ont réunis, puis séparés.

Quand tu m'interrogeais sur mes années de guerre, je restais évasif. Tu n'insistais pas... Cette pierre noire et froide que tu touchais, dans le fond de mon cœur, tu n'essayais pas de la soulever.

Un jour où tu me récitais ta leçon sur les planètes, je t'avais dit que Jeanne était la fille d'un grand astronome.

Le professeur Rivière m'impressionnait beaucoup. Directeur de l'Observatoire de Cointe, il y avait ses appartements privés. Le parc alentour était planté de très beaux arbres. Connais-tu l'Observatoire ? C'est un bâtiment de la fin du XIXe siècle. Avec ses coupoles, sa tour crénelée, il a l'allure d'un château de Walter Scott.

Et dans cette sorte de château – indifférent à notre monde car tout entier tourné vers le ciel – vivait une jolie princesse. Ton arrière-grand-mère. Et moi, j'étais un jeune homme attiré par l'astronomie…

Voilà le début d'une histoire dont la guerre allait bouleverser le cours.

Il y a bien longtemps que je ne suis plus retourné du côté de l'Observatoire.

Une coupole abritait le télescope. Le volet de l'autre coupole s'ouvrait sur la lunette méridienne, dite aussi "cercle méridien". Ces instruments magnifiques sont-ils toujours opérationnels? Seraient-ils devenus aveugles, avec le temps ?

Ce jour de ton enfance, je t'avais révélé l'existence d'un astre minuscule (à l'échelle des astres). Tu t'en souviens peut-être.

Le professeur Gustave Rivière était un fameux chasseur d'astéroïdes – ces petites planètes d'à peine quelques kilomètres de diamètre. Il en avait débusqué des centaines. Dans les années vingt, il avait donné à l'une de ses premières découvertes le nom de sa fille, qui venait de naître.

Certes, la petite "planète Jeanne", nous ne pouvons la distinguer à l'œil nu. Mais j'aime la savoir présente, quelque part dans l'infini.

Il me reste une histoire à te raconter. À présent, j'ai envie de le faire. Tu es capable de l'entendre, j'en suis sûr.

Cette après-midi, je t'ai montré dans le journal un appel aux témoignages sur l'année 1944. L'occasion est belle. Je vais tenter une dernière fois de connaître le destin de Jim Brady, cet aviateur américain dont je t'ai parlé.

Jim a été un très bon camarade. Il avait séjourné à Paris avant la guerre et se débrouillait pas mal en français. Un de ses ancêtres, Mathew Brady, avait photographié la guerre de Sécession. Il fut donc, en quelque sorte, le premier correspondant de guerre.

Et puis je n'ai plus porté Jim dans mon cœur. C'est difficile pour l'instant de t'expliquer pourquoi. Ce garçon me paraissait bien oublieux de tout ce qui s'était passé entre nous en 1944. Mais je me disais que ce silence était peut-être le silence de la mort…

Et à présent, quoi qu'il en soit, je ne lui en veux plus.

J'ai rassemblé quelques documents dans cette enveloppe. Des pièces à conviction, comme on dit dans le jargon judiciaire. Elles nous mèneront peut-être à Jim.

Je me sens lancé. Je voudrais t'écrire encore, ce soir. Mais il vaut mieux aller dormir. Avaler ces médicaments que tu m'as préparés. J'ai toujours été quelqu'un de raisonnable !

Je reprendrai cette lettre bientôt.

Pour ne pas la laisser traîner et pour la retrouver à coup sûr, je vais la glisser dans cette enveloppe jaune. C'est une petite lettre adressée à une jeune fille aux grandes espérances. Elle ne sera pas vraiment à sa place, parmi ces vieux souvenirs.

Un mot encore. Tu sais à quand remonte notre "coup de foudre" ? Tu avais un an. Ton papa t'a déposée chez moi. Pendant qu'il sortait tes affaires du coffre de l'auto, toi, encore sanglée dans ta petite chaise, à l'arrière, tu m'as fixé des yeux, longuement, tendrement… Tu avais reconnu ton vieil ami. Et, en même temps, tu semblais le découvrir.

Moi aussi, petite Jeanne, "je t'aime jusqu'au ciel."

Eugène

Je replie la lettre d'Eugène.

Je songe aux dernières lignes : la fillette faisant les yeux doux à son arrière-grand-père, avant qu'elle ne sache parler…

Et je repense à l'ultime regard affectueux d'Eugène à Jeanne : quand, étendu sur le plancher de son bureau, il n'était plus capable de parler.

26

On ne pleure pas !

J'ai rendez-vous avec deux sœurs, Élisabeth et Marie-Louise.

Je les attends devant l'entrée de l'église Sainte-Croix, à quelques pas de la rue Saint-Pierre, où demeurait Boris autrefois. Un photographe du journal doit nous rejoindre ici. L'histoire d'Élisabeth et Marie-Louise, dites Lily et Malou, vaut bien un reportage.

Pendant la guerre, elles habitaient avec leurs parents une petite maison aménagée dans le cloître de Sainte-Croix.

La locataire actuelle a accepté de nous ouvrir sa porte. Jeanne Février ne sera pas des nôtres. Elle a des examens à préparer. Je lui raconterai la visite. Elle verra les photos de ce pèlerinage.

En attendant, je relis la lettre d'Élisabeth.

« Monsieur,

Je n'ai pas connu l'aviateur américain dont vous avez montré la photo dans *La Dépêche*. Et pourtant, la vue de ce beau jeune homme a réveillé en moi bien des souvenirs.

En 1944, j'avais douze ans et ma soeur Malou en avait dix. Notre père, grand invalide 14-18 (deux fois gazé sur l'Yser) décide, en mai 1940, qu'il ne va pas se laisser faire une seconde fois.

Dès 1941, il passe dans la clandestinité et fonde un groupe de résistance. Maman accueille à la maison des aviateurs alliés. Elle les soigne, les requinque, tandis que papa devient passeur et crée une filière par laquelle il les conduit jusqu'à la Suisse, afin qu'ils puissent retourner au combat.

Un jour, à l'école, je confie à mes copines: " Chez nous, il y a tout le temps des messieurs qui ne parlent pas le français. " Danger ! J'en ai trop dit. À l'issue d'un conseil de famille, mes parents décident de nous mettre toutes les deux dans le secret. Et, du coup, nous voilà enrôlées dans la Résistance.

Nous transportons dans nos cartables des armes, des journaux clandestins. Nous conduisons les aviateurs de place en place, chez le photographe de la rue Saint-Séverin, chez le suisse de la cathédrale Saint-Paul, membre du réseau, lui aussi.

Ces jeunes Américains sont des géants, des ogres. Il faut les nourrir. Ma mère recrute un boucher de la rue Saint-Séverin en qui elle a toute confiance. Il lui apporte gratuitement son soutien logistique.

Mais, le 22 juillet 1944, tout s'écroule.

La police allemande débarque au cloître Sainte-Croix et frappe à la porte du bedeau, notre voisin. Nous avons été dénoncés.

Deux hommes sont cachés chez nous : un aviateur anglais et un Français évadé d'un *stalag*. Maman les pousse vers la lucarne du grenier. Ils descendent, à l'aide d'une corde du clocher, jusqu'aux jardins de la rue Haute-Sauvenière. Ils sont sauvés!

Maman surgit dans notre chambre. Elle cache la corde sous la garde-robe et nous dit : "*Les Allemands sont là... On ne pleure pas... On prie !*"

Après des heures d'interrogatoire, de fouilles, après avoir battu ma mère, les Allemands me mettent un revolver sur la tempe. Ils me demandent où sont les Américains que maman cache. Mais je tiens bon parce que, à ce moment-là, nous n'avons pas d'Américains à la maison.

Maman est emmenée à la prison Saint-Léonard. Ma tante, prévenue par les voisins, est venue nous chercher, ma petite sœur et moi. Elle nous ramène chez elle, à Chênée. Mon père décide qu'il faut nous cacher. Il craint que les Allemands nous cherchent pour faire parler ma mère.

Il dit : "Je connais Louise. Elle ne parlera pas... Sauf si on touche à ses enfants."

Il demande: "Les Allemands sont-ils montés sur le toit de la remise, dans la cour ? Ont-ils trouvé le sac avec les armes ? — Non. — Il faut absolument retirer ce sac. Sinon, Louise sera fusillée."

Et, cette nuit-là, mes deux tantes se rendent discrètement chez le chapelain de Sainte-Croix. Elles récupèrent le sac plein d'armes. Elles iront le jeter dans la Meuse.

Malou et moi sommes hébergées, sous un faux nom, chez les Filles de la Croix, à Chênée.

Plus de nouvelles de personne. Septembre vient. Nous chantons dans les caves, jusqu'à la nausée : "Notre-Dame de la Victoire".

Nous entendons les combats de rues qui opposent les résistants aux derniers collabos et aux Allemands qui n'ont pas pu fuir à temps.

Nous sommes le vendredi 8 septembre. C'est l'accalmie. Comme une volée de moineaux, les petites pensionnaires s'échappent de leur cage et dévalent la rue. Les Sœurs leur courent derrière. Nous atteignons le pont de Chênée alors qu'arrivent les premiers chars américains.

Mon oncle est là. Tout sanglotant, il explique aux Américains, en me hissant sur un char, que ma mère est prisonnière des Allemands pour avoir aidé leurs compatriotes. Les G.I's ne comprennent rien à ce qu'il raconte. Ils nous bourrent de chocolat et de chewing-gum.

Mais les religieuses nous ont rejointes. Il faut rentrer au couvent. Car, pour nous, l'heure de la libération n'a pas encore sonné. Et ce sont les longues heures d'attente... Jusqu'au dimanche matin.

On me demande au parloir. J'y vais. J'aperçois maman. Les Américains l'ont sortie de la prison Saint-Léonard. L'émotion est trop forte. Je m'évanouis... »

« Bonjour, monsieur. Je vois que vous lisez ma lettre… Vous êtes donc le journaliste de *La Dépêche.* »

Je lève les yeux vers deux petites dames souriantes.

Pour retourner, soixante ans après, dans « la maison des aviateurs », Lily et Malou se sont endimanchées : un tailleur beige, un tailleur vert.

Notre photographe, Willy, arrive à son tour. Ce garçon efflanqué, silencieux, passe ses journées à rebondir d'un coin à l'autre de la ville, au gré des reportages qui lui sont demandés. Il en voit de toutes les couleurs. Il capte tout et ne se mêle de rien.

Willy nous suit dans la galerie du cloître Sainte-Croix.

Lily est restée la grande sœur : c'est elle qui joue le guide ; Malou se contente d'opiner.

« Voici la porte de l'appartement du bedeau. »

Lily nous montre « l'œil » percé dans cette porte, le « judas » qui, un matin de juillet 1944, révéla au bedeau le visage d'un agent de la Gestapo.

« Ils ont bousculé le bedeau, ils ont franchi le mur de son petit jardin pour accéder chez nous. »

Je sonne à la porte voisine.

Une jeune femme nous accueille. Lily et Malou retrouvent le cadre de leur enfance.

Au pied d'un escalier en colimaçon, Lily dit à sa sœur :

« Tu te souviens de Joe ?

— Oh oui ! le pilote canadien.

— Le soir, Joe devenait un crabe, qui nous pinçait, ou un grand méchant loup, qui nous pourchassait.

— Il faisait aussi le crocodile. Tu te rappelles, Lily ?

— Oui, c'était gai ! Quand nous allions dormir, le Canadien grimpait l'escalier en rampant. Nous étions toutes les deux juchées sur son dos. Nous l'appelions Joe le croco. »

Lily et Malou montent à l'étage, d'un pas prudent. Elles entrent dans leur ancienne petite chambre.

Un matin de grandes vacances, les fillettes furent réveillées en sursaut. Leur maman surgit et leur dit : « Les Allemands sont là. On ne pleure pas… »

Lily désigne une lucarne :

« C'est par là que l'Anglais et le Français ont filé. »

Je jette un coup d'œil dans le vide : ce fut pour ces deux hommes une cascade vertigineuse.

Nous revoici dans la galerie du cloître. Une porte donne accès à l'église. Le vieux curé de Sainte-Croix nous accueille dans la nef.

Lily raconte encore :

« En 1944, nous avons eu un Indien parmi nos pensionnaires…

— Il s'appelait Amos Neka ?

— Mais oui ! Comment savez-vous son nom ? Petites, nous avons joué aux cartes avec un Peau-Rouge ! Il était comique. Un soir, maman lui avait préparé une salade. Amos n'en a pas voulu. Il a dit : "Les salades, c'est bon pour les vaches !" Ça nous a fait rire. Il assistait à la messe tous les matins, pour tuer le temps. Ce n'était pas très prudent de se montrer aux paroissiens de Sainte-Croix. »

Ainsi, l'aviateur sioux est entré dans cette église gothique…

Jim Brady, son compagnon d'infortune, ne devait pas être loin.

Je montre une nouvelle fois la photo de Jim à Lily et Malou.

« Vous ne l'avez jamais vu, c'est sûr ?

— Non, jamais. S'il avait logé chez nous, je m'en souviendrais. Un si beau jeune homme ! »

En prenant congé, Lily me dit :

« Cette visite nous a fort secouées, ma sœur et moi. Et, en même temps, elle nous a fait du bien. »

La vieille dame ajoute :

« Dimanche prochain, nous retournerons dans le cimetière américain de Neuville-en-Condroz. Nous avons adopté la tombe d'un soldat inconnu. C'est bien le moins que nous puissions faire.

— Adopter une tombe ? En quoi cela consiste-t-il ?

— Nous promettons de la visiter et de la fleurir, de temps en temps… Ou même pas. Il suffit que nous pensions, parfois, au jeune homme qui se trouve enterré là et dont personne ne connaît le nom… Personne, à part Dieu. Une belle formule anglaise est gravée sur la croix de marbre blanc de notre soldat : *Know but to God* ».

On ne pleure pas. On prie…

Je n'ai jamais vu la sépulture de Ralph Curtis.

Mes parents disaient que son corps avait été rapatrié après la guerre.

Mais, depuis l'enfance, je pense à lui bien souvent. Ce jeune homme a mystérieusement accompagné ma vie.

27

L'odyssée d'un chien

« Mon prénom est José, mais les Américains m'appelaient Joe. J'étais devenu leur mascotte. Mon école avait été bombardée et j'étais tout le temps dans la rue. J'avais quatorze ans. Je m'amusais comme un fou ! »

Encore un gamin de septembre…

Ce sera l'un des derniers. Le feuilleton souvenir touche à sa fin.

En ce temps-là, le père de José tenait un garage, près de la gare des Guillemins. Le quartier était devenu dangereux : en prévision du Débarquement, les bombardiers anglais et américains visaient les nœuds ferroviaires.

José lui-même a été garagiste pendant trente ans.

Pour me rencontrer au bureau de *La Dépêche*, il a traversé à pied la moitié de la ville. Je l'ai vu arriver sur le boulevard de la Sauvenière. Alerte, l'œil aux aguets.

Il est resté Joe, le petit badaud de quatorze ans, le Gavroche de Liège.

Je l'ai emmené dans un café du coin. Il me raconte, pêle-mêle, quelques souvenirs des années 1944 et 1945.

Ses yeux restent remplis de spectacles incroyables… Comme ces formations de centaines d'avions qui traversaient le ciel, durant de longs moments, en direction de l'Allemagne. Un vrombissement sourd et lancinant accompagnait le passage des cohortes aériennes. « Le bruit faisait vibrer les verres dans notre cuisine », se souvient le vieux monsieur.

À côté et au-dessus des superforteresses volaient les chasseurs d'escorte, les Mustang, les Thunderbolt, les P38 Lightning… Ils étaient comme les chiens de berger protégeant le troupeau. Ils allaient et venaient pour éloigner les chasseurs ennemis.

«Mais j'en reviens aux journées magnifiques de septembre 1944 », me dit le vieil homme.

Le petit Joe a pris l'habitude de rôder dans le parc d'Avroy, où les Américains ont dressé des tentes en pyramides. Leurs armes pendent à des piquets. Ce sont les hommes de la 3e division blindée. Des durs.

Le gamin trimballe dans un sac quelques bouteilles de cidre.

Un G.I. est occupé à tailler un morceau de bois avec son couteau.

Joe l'aborde :

«*Do you like champagne?*»

Et il sort de son sac une bouteille de cidre, dépourvue d'étiquette.

«*How much?*» fait le soldat.

Joe montre deux doigts. Traduction: deux cartouches de cigarettes. Marché conclu. Le G.I. fracasse le goulot de la bouteille contre le marchepied de son half-track… Il goûte au breuvage, le recrache.

«*It's not champagne!*»

Joe détale. Le soldat le poursuit.

«Nous avons fait plusieurs fois le tour de l'étang du parc d'Avroy, sous les yeux de centaines de G.I's, qui se marraient… Heureusement, je courais vite, en ce temps-là.»

Quelques semaines ont passé.

Liège vit désormais sous les tirs quotidiens des bombes volantes.

«Je me baladais rue des Guillemins quand il y a eu une alerte au robot. J'ai aperçu, filant sur le trottoir, un beau grand chien à poils longs, un colley. Il s'est mis à me suivre. Arrivé dans le garage de mes parents, j'ai confectionné une laisse. Et, l'après-midi, j'ai promené le chien dans le quartier, jusqu'au quai de Rome. Les Américains avaient installé au bord de la Meuse une batterie de mitrailleuses 1.50, pour tirer sur les avions allemands. Je m'approche.

"*Nice dog! Come on! Come on!*" fait un G.I.

L'homme caresse le chien. Il me demande :

"How much ?"

Un lassie, ça vaut bien plus que des cigarettes… Je montre au soldat deux pistolets que j'aperçois, trempant dans un liquide, au fond d'un bidon.

"How old are you?

— Fourteen years."

L'Américain s'énerve :

"Son of a bitch!"

Mais le lassie lui plaît. Le G.I. consent à me céder, en échange du grand chien, les deux armes : un colt 45 de l'armée US et un 7.65 espagnol, à crosse de nacre. Les chargeurs sont défectueux. J'ai fait quand même une affaire formidable ! Heureux comme tout, j'empoche mes pistolets. Déjà l'Américain a ouvert une ration de pâté de foie, dont le chien se régale. »

Deux ans plus tard, l'affaire va rebondir…

Un matin, José pousse la porte d'une pâtisserie de la rue des Guillemins, *Le Bébé friand.* La patronne converse avec une cliente.

« Figurez-vous, madame, lui dit-elle, que nous avons perdu notre grand chien pendant la guerre. Il a filé dans la rue lors d'une alerte au V1. Nous avons été tellement tristes ! »

José intervient :

« Ce n'était pas un colley, votre chien, par hasard ?

— Mais oui ! Vous l'avez connu ? » répond la pâtissière.

Alors José lui raconte toute l'histoire.

« Pour consoler la patronne du *Bébé friand*, je lui ai dit qu'elle pouvait être fière de son lassie, car il avait probablement fait la campagne d'Allemagne avec les troupes américaines. J'ai ajouté : " Soyez sûre que votre chien n'a manqué de rien. Déjà, quand je l'ai laissé près de la batterie de mitrailleuses, au quai de Rome, je l'ai vu engloutir toute une ration K." »

Les yeux de José pétillent.

« Des souvenirs comme ça, j'en mange ! J'avais des parents formidables. Et ce fut une époque formidable. J'ai eu de la chance. »

L'homme approche des quatre-vingts ans. Cela l'étonne, le fait rire.

Il dispose à présent d'une vue d'ensemble sur sa vie. Et le long voyage lui a beaucoup plu.

Pourtant, quand José évoque la nuit de Noël 1944, son regard change, sa voix s'étrangle.

« À minuit, un robot est tombé sur la rue Paradis, tout près de chez nous. Drôle de cadeau de Noël ! Toutes les personnes qui se trouvaient dans ces caves-là sont mortes, ensevelies. »

« Messieurs, excusez-moi de vous déranger… »

Une cliente du café s'est s'approchée de notre table.

« Je suis très indiscrète. J'ai écouté toute votre conversation, qui m'a bien intéressée. Je n'y tiens plus, je dois vous parler.

— Asseyez-vous donc. »

C'est une dame avenante, au physique épanoui, au teint brun. Elle s'adresse au vieux José :

« Vos histoires m'ont émue. J'en ai eu les larmes aux yeux. Parce que… je suis à moitié américaine. Je suis née en 1945, mais je ne connais pas mon père. Je le recherche depuis des années. J'aimerais tant découvrir son visage, savoir comment il s'appelait, s'il était un homme gentil. Mais ça, j'en suis sûre. J'aime mon père sans le connaître. La seule chose que ma mère a consenti à me dire, c'est qu'il faisait partie d'une compagnie de soldats noirs qui fut logée, un moment, dans une école primaire en Outremeuse. J'habite encore dans ce quartier. Ma mère est morte depuis bien longtemps. Et moi, je continue de rechercher mon père. Mais je ne sais pas bien comment m'y prendre. »

José se pique au jeu. L'ancien copain des Américains de 1944 dit à cette dame :

« Donnez-moi votre nom et votre adresse. J'essaierai d'obtenir une liste des soldats noirs qui furent cantonnés dans cette école. Je vous promets de faire tout ce que je pourrai. Je suis un débrouillard. »

Pendant que José prend des notes, la métisse d'Outremeuse jette autour d'elle des yeux attentifs et anxieux…

Et j'imagine que ce regard scrutateur lui est habituel.

Depuis toujours, elle est en quête de quelqu'un.

28

Le grenier

J'ai retrouvé l'âcre senteur que j'aime : celle qui règne dans les greniers et dans les vieilles bibliothèques. Est-ce une odeur de poutres de chêne, de papier jauni, de poussière humide ? Je ne sais.

C'est « l'odeur du temps », en quelque sorte. Le profond parfum des souvenirs.

Mais un autre parfum flotte ici. Un parfum de jeune fille. Le muguet ?

Jeanne est avec moi dans le grenier d'Eugène. Je n'ai pu lui résister quand elle m'a demandé de participer à son exploration.

Enfin, moi, je ne fais qu'y assister. Dans cette grange de souvenirs, je suis un intrus. Je ne touche à rien. Je suis là pour rassurer cette adolescente, pour lui éviter, peut-être, de pleurer toute seule. Je veille discrètement sur ses sentiments. Je suis son garde du cœur.

Jeanne a fouillé devant moi le côté Eugène Février du grenier. Ce côté-là est bien rangé. Ce sont des caisses étiquetées, remplies de livres austères. Jeanne y a pourtant déniché une boîte de soldats de plomb et un cerf-volant, qui n'a plus volé depuis les années vingt.

Ensuite la jeune fille a mis la main sur un jouet artisanal, un petit avion à hélice, sculpté dans le bois.

« Quel joli travail ! dit-elle. Dommage que l'hélice soit cassée. Je me demande… Et si c'était Jim qui avait bricolé ce petit avion quand il se cachait ici ?

— Jim ? Cela m'étonnerait. Regarde… La cocarde de la R.A.F. est peinte sous chaque aile.

— Ce serait donc l'œuvre d'un aviateur anglais.

— Qui sait ? »

Et voilà, classées dans un carton, de grandes feuilles où la main d'une enfant et celle d'un vieux monsieur se sont exercées. La petite Jeanne y a dessiné le soleil et la lune, un château fort, une île au trésor, des bonshommes. Eugène, pour sa part, a tracé le profil d'un chef indien. La fillette a colorié les plumes vaille que vaille.

À présent, mon amie Jeanne campe dans un autre coin du grenier. Elle a sorti d'une boîte à souliers une liasse de lettres. Assise en tailleur sur le vieux plancher, elle s'est plongée dans la lecture de ces lettres.

Le côté Jeanne Rivière du grenier présente un joli désordre.

La jeune mariée de 1944 avait déposé là-haut, pêle-mêle, ses affaires personnelles. Elle n'avait guère eu le loisir de les ranger mieux. À peine installée dans la demeure familiale de son époux, elle a attendu un bébé.

Puis elle s'est éteinte.

Le passé d'une jeune femme dort dans ce grenier. Une adolescente est occupée à le réveiller.

Jeanne se met à rire.

Je m'approche d'elle.

« Qu'est-ce qui te fait rire ? »

Elle me dit, à voix basse :

« Je lis des lettres d'une amie de mon arrière-grand-mère. C'est très vivant, très amusant. Elle lui raconte mille choses. Elle se moque de leurs professeurs. Elle parle de leurs lectures, de leurs rêves de jeunes filles. Elle revient sur certains beaux garçons, rencontrés rue du Pont-d'Avroy. Rien n'a changé. J'ai l'impression d'entendre une copine à moi. Elle écrit bien, cette Denise. Elle est très drôle. C'était sans doute la meilleure amie de Jeanne Rivière. Elle porte un curieux nom : *Denise de Saint-Élix.* »

« Je connais ce nom-là !

— C'est vrai ? »

Je m'assieds auprès de Jeanne. Et je lui dis, sur un ton feutré, à son diapason, comme si nous partagions un secret :

« Une Denise de Saint-Élix m'a envoyé deux lettres au sujet de la libération de Liège. Je parie que c'est la même ! Oui, cette Denise écrit bien. Mais les souvenirs qu'elles m'a confiés sont plutôt tristes. En 1944, elle n'était plus une enfant. »

Jeanne me tend un feuillet.

«Prends-le. Tu pourras comparer les deux écritures.

— Pas la peine. Madame de Saint-Élix tape ses lettres à la machine.

— Où vit-elle maintenant ?

— Dans un petit village du Gers.

— C'est génial ! La grande amie de Jeanne Rivière a dû très bien connaître Eugène Février pendant la guerre. Elle est un témoin important pour notre enquête. Elle n'a rien dit de la photo de Jim?

— Non. Elle n'a pas encore réagi à cela. Mais une troisième lettre arrivera peut-être…

— Ralph, cette fois nous brûlons. »

J'observe Jeanne, dans le demi-jour du grenier.

Elle a la mine réjouie d'une petite fille qui vient de découvrir quelqu'un, au cours d'une partie de cache-cache.

29

Rendez-vous dans la cathédrale

« Allô, *La Dépêche* ? Je voudrais parler à monsieur Ralph Demy.

— C'est moi.

— Comment vas-tu, patate pourrie ?

— Di Paolo !

— Dis donc, Ralph, tu es un cachottier. Tu m'avais dit que tu n'étais pas journaliste. Et voilà que je lis tous les jours des articles de toi sur la dernière guerre.

— Oh ! c'est occasionnel. J'ai été chargé d'écrire cette chronique pour les soixante ans de la Libération. D'ailleurs, je ne passe plus au journal que de temps en temps. Tu as de la chance d'être tombé sur moi. La série se termine demain.

— Dommage, car j'ai un scoop pour toi… C'est au sujet de cet aviateur américain dont tu as publié la photo… Quelque chose de formidable.

— Dis-moi.

— Tu sais que je fais partie d'une chorale. Eh bien, j'ai montré ton appel au vieux curé qui nous dirige… Enfin, il n'est pas vraiment vieux : il a notre âge. Son nom est Georges Duflot. Figure-toi qu'il a très bien connu celui qui, le premier, a vu l'aviateur.

C'était dans la vallée de l'Amblève. L'homme en question est mort. Mais il avait confié au curé un témoignage, écrit de sa main, sur cette histoire.

— Le curé l'a toujours ?

— Oui. Il veut bien te le prêter.

— Comment faire ?

— Il sera ce mercredi à onze heures dans le cloître de la cathédrale.

— Comment le reconnaîtrai-je ?

— L'abbé Duflot est un petit homme à lunettes, au teint rougeaud. Il t'attendra dans le cloître, devant la salle du Trésor. Il porte sur son veston une croix bien visible. Tu ne peux pas le louper. Tu entres par la cathédrale. Le cloître est au fond. Ou bien tu y vas directement par la rue Bonne-Fortune… Tu te souviens : la rue du "P'tit Maga" !

— Merci, Di Paolo. »

Mercredi, le jour de Jeanne Février…

Ma jeune amie ne pourra m'accompagner à ce rendez-vous. Ce sont les vacances de Pâques. Et Jeanne visite la Toscane avec sa classe. Du reste, je ne l'ai plus vue depuis notre exploration du grenier d'Eugène, il y a deux semaines.

Bruno Di Paolo, mon éternel adversaire, mon cher « ennemi d'enfance », habitait en Vinâve d'Île, l'artère commerçante qui prolonge la place Cathédrale.

Vue sous cet angle, la cathédrale me paraissait bien différente de celle qui dominait notre école, sur la paisible place Saint-Paul. De notre côté, elle s'élançait tout entière vers le ciel. Elle était recueillie, songeuse, mystérieuse. Au verso, du côté de chez Di Paolo, la façade avait plus d'ampleur, c'était une église plus terrestre.

Quant à la rue Bonne-Fortune, qui part de la place Saint-Paul et se faufile derrière le cloître, c'était un lieu de délices.

De mon temps, elle conduisait au « P'tit Maga ». Plusieurs générations d'élèves de Saint-Paul donnèrent ce nom affectueux au magasin de confiserie situé à quelques pas de leur école. À midi et à quatre heures, la marchande de « chiques » (ainsi appelle-t-on à Liège les bonbons) affrontait une horde de petits garçons. C'était une femme opulente – gavée sans doute des sucreries dont elle disposait à l'infini. Son teint avait la pâleur d'une guimauve. Et ses lèvres rouge vif semblaient des fruits confits.

Un jour où je me trouvais au « P'tit Maga » en compagnie de Di Paolo, la marchande nous fit patienter plus que de coutume. Elle téléphonait dans son arrière-boutique, cachée à nos regards. La voix qui nous parvenait était étrange. Le ton – si autoritaire, d'habitude – se faisait mielleux, sirupeux, gnangnan.

« Oui, mon chéri. Tu penseras tout le temps à ta petite femme. Je te fais plein de bisous très doux... »

Elle n'en finissait pas de minauder, tandis qu'au moins dix gamins affamés trépignaient dans sa boutique. Elle nous ignorait. Elle était toute à son interlocuteur inconnu.

« Encore un, mon gros chéri ! Je t'en rendrai des milliers d'autres ce soir. »

Et nous, alors ? Tout ce que nous voulons, c'est cent grammes de chiques sûres. Dépêchez-vous un peu, madame. Maintenant, ça suffit. Il a compris, le gros chéri !

« Écoute, mon amour… Écoute… En voilà quelques-uns d'avance… »

La reine des bonbons se lança dans un bruitage de baisers éperdus.

Les plus grands d'entre nous riaient sous cape. Et moi, écolier de huit ans, très innocent, j'étais intrigué. Les bisous quotidiens, ceux que l'on échange en famille, ne me faisaient ni chaud ni froid. Mais ceux dont parlait la dame semblaient d'une saveur extraordinaire. Leur seule évocation la mettait dans des états démentiels. Il existait donc sur cette terre d'autres délices que les truffes en chocolat ou les souris en gomme ?

Dans l'arrière-boutique, un soupir succéda au bruissement de baisers.

« Je dois te laisser, mon amour. J'ai du monde. Bisou, bisou, bisou… Dis, mon gros chat… »

Di Paolo me jeta un regard excédé.

« Dis-moi encore un peu ce que nous allons faire ce soir, nous deux… » poursuivit la voix langoureuse.

« On commence à le savoir ! » pesta Di Paolo.

Il se mit à tousser. D'autres l'imitèrent.

Enfin la marchande de chiques raccrocha. Elle vint à nous, pas gênée pour un sou.

Elle nous dévisageait avec indifférence. Elle avait l'esprit ailleurs.

Tous ces bisous l'avaient chamboulée. Elle s'embrouilla dans nos commandes : glaçons, chocolats, petits jus, nougatines, violettes, lacets en réglisse... Ses doigts aux longs ongles peints devenaient hésitants. Sa voix gardait un léger tremblement.

Au sortir du « P'tit Maga », Di Paolo fit ce commentaire savant :

« À mon avis, c'est une nymphomane...

— Une quoi ? »

Les mains pleines, le cartable au dos, nous longions tous les deux la rue Bonne-Fortune.

Di Paolo parlait haut. Il semblait prendre à témoin les passants.

« Quand je pense qu'il ne sait même pas ce que c'est, une nymphomane ! »

Je déballai ma tablette de chocolat blanc. Pour moi, jusqu'à preuve du contraire, il n'y avait rien de mieux.

Dix heures et demie. Le carillon de la cathédrale joue *Prindez vosse baston, Simon.* Il sonne tous les quarts d'heure. Quelques notes. Une petite mélodie liégeoise, jetée à tous les vents.

Le superbe hôtel du XVIIIe siècle qui abritait les élèves de l'institut Saint-Paul a fait place à un hideux parking fin XXe siècle. Je ne m'habituerai jamais à ce spectacle.

Je prends la rue Bonne-Fortune. Je cherche l'emplacement du regretté « P'tit Maga ». Peut-être cette vitrine, maintenant consacrée au café, au thé et à leurs divers arômes ?

Je pénètre dans le cloître. Un homme se tient devant la porte du Trésor.

« Monsieur l'abbé Duflot ?

— Ah ! voilà l'ami de mon ami Di Paolo…

— Ne nous sommes-nous pas déjà rencontrés ?

— Bien sûr, monsieur Demy. Je suis un fidèle de votre salle de lecture. Je vous y ai souvent aperçu. »

Le prêtre ouvre la porte voisine. *Salle du Chapitre - Entrée interdite*, indique un écriteau. Cette salle, aux murs couverts de boiseries, est déserte. Nous prenons place sur des stalles réservées jadis aux chanoines.

« Vous êtes le doyen de Saint-Paul ?

— Oh non ! Juste un curé de campagne. Et encore, curé volant. Je dessers plusieurs paroisses. De nos jours, vous savez, les prêtres doivent se couper en quatre. »

Il sort de sa poche une enveloppe jaune…

Encore une !

« Monsieur Demy, je voudrais, avant toute chose, vous poser une question. Pourquoi avez-vous lancé dans la presse un avis de recherche de cet aviateur américain ? Qui vous l'a demandé ?

— Une jeune Liégeoise, Jeanne Rivière.

— Vous avez dit Rivière ?

— Pardon, je me trompe. Elle s'appelle Jeanne Février. Elle réalise ainsi un souhait de son arrière-grand-père, le juge Eugène Février, un ancien résistant, qui est mort au début de cette année.

— Je vois… Eh bien, sachez que ce monsieur Février n'était pas le seul à s'intéresser au destin du capitaine Brady. Quelqu'un d'autre a longtemps rêvé de retrouver sa trace. C'est toute une histoire… Votre appel a-t-il donné des résultats ?

— J'ai rencontré un témoin direct, une sorte de vieux gentleman… Il m'a dit qu'à l'âge de quatorze ans, il avait été chargé d'accompagner Jim Brady depuis le château de Waroux jusqu'au domicile d'une Liégeoise, près du Jardin botanique. Ils ont d'ailleurs failli se faire pincer dans un tram, à cause d'un gros briquet à essence tendu par Jim à un Allemand. On m'a parlé d'autres filières d'évasion des aviateurs alliés. Mais notre Américain n'est pas passé par là, semble-t-il. Ces filières étaient organisées par des femmes : la patronne d'un café, à Embourg, et une dame qui habitait dans le cloître de l'église Sainte-Croix… C'est à peu près tout ce que je sais.

— Quant à moi, je puis vous aider à compléter votre puzzle. Je détiens quelques pièces importantes. Ainsi, je sais comment s'est déroulé le début du séjour forcé de Jim Brady en Belgique.

— Vous disposez d'un document, m'a dit Bruno Di Paolo.

— Oui. Le voilà, dans cette enveloppe. C'est un témoignage peu ordinaire. Mais c'est aussi un écrit intime, comme une confession. Avant de vous le remettre, je vous demanderai l'engagement de ne pas le publier dans votre feuille de chou.

— *La Dépêche*, une feuille de chou ? Vous plaisantez… »

L'abbé me regarde, en silence. Il offre une physionomie contrastée : un œil amusé et l'autre inquiet, douloureux même. L'ironie, coexistant avec la gravité.

Il reprend :

« Vous ouvrirez cette enveloppe chez vous. Vous y trouverez un cahier. Attention, j'y tiens beaucoup. Si je vous le confie, c'est que vous êtes conservateur de bibliothèque. Vous connaissez la valeur des vieux écrits.

— Comment s'appelle l'auteur ?

— Guy Moutier. Il fut mon professeur de latin et de grec à Stavelot. J'avais treize ans. Plus tard, j'ai été son collègue, puisque j'ai donné des cours de religion dans le même établissement que lui. Et pour finir, dans une troisième phase de nos relations, nous sommes devenus de grands amis. Il me tutoyait, mais moi j'ai continué à le vouvoyer. J'avais trop de respect pour lui. C'était un professeur admirable. Peu avant de mourir, il m'avait donné ce cahier. Prenez-le. Lisez-le. Vous y apprendrez notamment que, pendant quelques jours du printemps 1944, Jim Brady a été caché ici même.

— Dans la cathédrale Saint-Paul ? À quel endroit ? La crypte ?

— Non. Pas dans la crypte. C'était bien plus haut… Vous ne devinez pas ? Je vous laisse la surprise.

Quand votre ami est-il mort ?

— Il est parti l'an dernier. Guy Moutier habitait avec son épouse au bord de l'Amblève, la rivière qu'il aimait tant. Il avait accumulé dans sa maison une énorme documentation sur la guerre, des centaines de livres. Il s'intéressait surtout aux avions. Guy Moutier était doux, candide et passionné. Ce vieux professeur avait gardé une âme d'enfant. »

J'ai ouvert l'enveloppe jaune et j'ai pris le cahier que le prêtre m'a confié.

J'entame le récit de Guy Moutier…

30

Le secret de Guy Moutier

Stavelot, septembre 1976.

C'est incroyable !

Après trente-deux ans, j'ai retrouvé la trace du capitaine Jim Brady, mon cher aviateur américain. Une trace écrite, comme si Jim avait voulu « signer » son passage clandestin chez nous. Et cette découverte me délivre d'une promesse faite à une personne que je vénérais. Car, pendant trente-deux ans, j'ai gardé un silence presque absolu sur cette histoire.

La plus belle aventure de mon enfance. Son point d'orgue.

Ce matin, à neuf heures, j'ai dit à mes élèves de ne pas sortir leurs livres et cahiers de grec. Plutôt que de leur faire traduire une page de *L'Anabase*, je leur ai raconté un épisode de la dernière guerre. Il a pour cadre une forêt toute proche, familière à certains d'entre eux.

En préambule, j'avais écrit au tableau ce précepte latin :

Aut tacere, aut silentio meliora dicere.

(Soit se taire, soit dire des choses supérieures au silence.)

Pendant tout mon récit, mes « zèbres » (je les appelle ainsi, affectueusement) ont observé un beau silence, un silence de qualité.

Certes, je ne leur ai pas tout dit. J'ai supprimé la fin de l'histoire. Elle est trop triste.

Mais ce soir, sur ma lancée, je m'apprête à l'écrire sans coupure. Et dans une version plus personnelle, plus émotionnelle. Je me mettrai davantage en scène.

Hier, en remuant mes archives, j'ai assez vite mis la main sur un de mes cahiers d'écolier. J'étais sûr de l'avoir gardé. Il est contemporain des faits que je vais relater.

Ce cahier n'est qu'à moitié rempli. En serrant un peu mon écriture, en la disciplinant, je pourrai y caser mes souvenirs secrets de 1944. Et la patine légère de ces feuillets lignés convient à l'atmosphère de cette histoire.

La table de multiplication et ses vingt colonnes si rébarbatives ne figurent pas sur la « quatrième de couverture ». Il s'agit d'un gros cahier, de luxe, un cahier cartonné, un recueil d'exercices de français « au net ». Aucune rature n'y était admise. Nous utilisions beaucoup la règle et le buvard. Nous trempions avec la plus grande prudence notre plume dans le petit encrier de porcelaine, car nous connaissions les dangers de cette encre bleu-noir.

Pour améliorer l'aspect de la page de garde, j'avais demandé à maman de la remplir pour moi. Elle avait l'art d'écrire en ronde et même en gothique – mais en 1944, les caractères gothiques eussent été bien déplacés dans le cahier d'un petit Belge patriote… Sur la page de garde, maman avait donc écrit en ronde, avec une plume spéciale, trempée dans l'encre de Chine :

Cahier d'Exercices
Guy Moutier
6e année primaire
1943-1944

Le troisième trimestre avait tourné court. Mon dernier exercice date du 27 avril 1944. En raison des bombardements de plus en plus intenses sur Liège, l'institut Saint-Paul avait fermé ses portes.

« Rentrez tous chez vous, les enfants ! » avait proclamé le directeur.

Quel cri de joie dans la cour de récréation !

Et pourtant, cette bonne vieille cour, les parties de foot, la balle pelote, les billes, les rendez-vous quotidiens avec les copains, allaient bientôt nous manquer. Le matin, au moment où les rangs se formaient, nous partagions les nouvelles du front. Nous les commentions. Les Anglais à El-Alamein, les Américains en Sicile… Un frémissement, une houle de joie, se propageaient de rang en rang.

Même les plus petits trépignaient, criaient et levaient les bras, sans trop savoir pourquoi.

Si nous avions été présents à Saint-Paul le 6 juin 1944, quel chahut collectif dans la cour !

Et les instituteurs ne nous auraient fait aucune remontrance. Nous aurions vu briller des larmes de bonheur dans leurs yeux.

Le dernier exercice – celui du 27 avril 1944 – porte sur l'accord du verbe conjugué.

Par exemple :
La multitude des étoiles **étonne** *l'imagination*
Une multitude d'étoiles **brillent** *dans le ciel*

À cette époque, ce subtil glissement de sujet ne dépassait pas, semble-t-il, l'entendement d'un gosse de onze ans. Perfection de la forme, raffinements grammaticaux… Les instituteurs plaçaient très haut la barre.

Les temps étaient terribles. La disette, le danger, la méchanceté tout autant que la bravoure, régnaient dans les rues. En exigeant de nous une application extrême à l'étude, les instituteurs détournaient notre attention des malheurs de la guerre.

Et moi, ce 27 avril 1944, quand je grattai dans mon cahier d'exercices les mots *la multitude des étoiles*, je me mis à rêver, j'en suis sûr. Je songeai à l'extraordinaire camp de Pâques que je venais de vivre avec ma meute de louveteaux, dans la vallée de l'Amblève.

À cet instant précis, mon regard se tourna vers une fenêtre de la classe et mes pensées s'envolèrent…

Ma belle Akéla, contemplée à la lueur d'un feu de camp sous les étoiles, la silhouette d'un aviateur m'apparaissant à travers la brume, dans la fagne de Malchamps.

La voix de l'instituteur interrompit ma rêverie :

« Guy ! Guy Moutier… Tu es toujours avec nous ? Reviens sur terre. »

De 1940 à 1944, j'ai été louveteau dans la meute de Sainte-Véronique.

J'ai gravi tous les échelons. Car nous suivions une filière : patte tendre, promesse, puis première étoile, puis deuxième étoile, que nous accrochions à nos casquettes comme les généraux américains.

Je fus sizenier des gris et même premier sizenier. À la fin de ce fameux camp de Pâques 1944, je reçus ma troisième bande jaune. On va voir que je ne l'avais pas volée… J'avais onze ans.

Nos cheftaines étaient de grandes filles toutes simples. Grosses jambes, sous la jupe longue taillée dans du velours côtelé, seins généreux sous le pull vert, aux contours accentués par le ceinturon bien serré. Elles n'étaient pas très jolies, pas très coquettes, ces filles de bonne famille. Nous ne leur connaissions pas de petit ami, encore moins de fiancé. Ces demoiselles des années quarante n'étaient guère précoces.

Elles rougissaient vite, nos cheftaines. Mais elles étaient amusantes. Et toutes dévouées. Et bien organisées. Les activités s'enchaînaient en un mécanisme impeccable. Elles avaient dix-sept ou dix-huit ans. Elles sortaient de l'adolescence, tandis que les plus grands d'entre nous allaient bientôt quitter l'enfance, bon gré mal gré.

À notre contact, les cheftaines affûtaient leurs sentiments maternels. Dans les jeux de nuit, elles nous donnaient parfois la main. Elles protégeaient les plus petits des bandits qu'elles inventaient pour eux.

Nous allions de château en château… Les camps de Pâques et les grands camps de juillet se déroulaient, grâce aux relations familiales d'une de nos cheftaines, dans des ailes de château désaffectées.

Le soir, épuisés, enfoncés dans notre sac de couchage, étendus à même le plancher, sur un matelas pneumatique, nous avions quand même un peu le cafard.

Si loin de maman.

Cette grande salle, à dix heures du soir, était assez lugubre. Dehors, le vent soufflait. Il nous semblait entendre des hululements.

Les cheftaines passaient en revue les petits loups rêveurs et apeurés. Elles nous bordaient. Au besoin, elles regonflaient nos matelas. Elles nous remontaient le moral. Elles déposaient un léger baiser sur l'un ou l'autre front. Elles étaient nos infirmières, nos grandes sœurs, nos jeunes mamans.

Les châteaux investis par la meute de Sainte-Véronique portaient des noms évocateurs : Verte-Fontaine, Haut-Regard, Montaigle. Je n'ai jamais bien situé cette vieille tour surplombant les rochers, ce manoir caché dans un domaine interdit, ces lieux-dits, ces villages, ces forêts profondes, ces clairières où nous avons couru éperdument. Nous étions quelque part en Ardenne. Peut-être même dans le Condroz. Mais où ? Je ne cherchais pas à le savoir.

À Pâques et en juillet, nous nous laissions conduire, en toute confiance, hors de la famille, hors de l'école, hors de la guerre, hors du temps. Les cheftaines avaient le don de nous faire oublier la guerre. Elles étaient fées.

Après le grand camp de 1943, une nouvelle Akéla se présenta dans notre local, à Sainte-Véronique. Cette jeune fille brune serait secondée par une nouvelle Bagheera, qui, dans la vie réelle, était sa meilleure amie.

D'abord, la voix d'Akéla me plut. Vive et rieuse. Harmonieuse. Même quand elle affectait d'être fâchée, Akéla restait attrayante. Je décelais toujours un fond de tendresse et d'humour dans cette voix qui se voulait sévère.

La nouvelle Bagheera était moins spectaculaire. Les cheveux relevés en chignon, le regard aiguisé par de petites lunettes, Bagheera parlait très vite, avec l'accent français. Elle était bénévole à la Croix-Rouge de Belgique. Des récits héroïques coururent bientôt dans la meute à son sujet. Bagheera était souvent appelée pour dégager des victimes de bombardements, dans les décombres des maisons. Elle avait transporté des corps ensanglantés. La mort lui était familière. Alors, nos écorchures, nos bosses, nos bleus, nos piqûres de guêpes ou d'orties, il n'était pas question d'en faire tout un plat en présence de Bagheera. Ces petits yeux couleur d'acier en avaient vu d'autres.

Au début de 1944, lors d'un rassemblement, la nouvelle Akéla nous révéla le thème du camp de Pâques.

Nous en avions beaucoup discuté. Les Romains ? Les chevaliers ? Cela s'était déjà fait. Les hommes préhistoriques ? Cela nous parut limité et plutôt barbant. Les Indiens ? Oui ! Mais sans les cow-boys, cette fois. Il s'agirait de guerres inter-indiennes. Telle sizaine deviendrait sioux. Telle autre sizaine appartiendrait à la nation cheyenne…

Akéla prononça le nom de l'endroit où aurait lieu le camp. Et je m'en souviendrai toujours.

« Nous logerons dans la ferme du château de Froide Cour… »

Si je ne connais pas le chemin des autres châteaux de mon enfance, je puis situer Froide Cour sur une carte sans une seule hésitation, car j'y suis retourné à un autre moment de ma vie. Il faut monter vers les fagnes qui dominent Spa, au sud. Une fois franchi ce sommet, la route plonge vers l'Amblève.

Quelque part entre La Gleize et Stoumont, vous apercevrez un grand château, isolé, en contrebas.

Il surplombe l'Amblève.

On a dit que l'architecte s'était inspiré d'un château de la Loire pour créer celui-ci, en pleine nature sauvage. Flanqué de hautes tours, accroché à un versant abrupt de cette vallée, cerné par d'épaisses forêts d'épicéas, Froide Cour offre une vision improbable. C'est comme une apparition. Un mirage. Un reflet illusoire, issu d'un grand livre d'images.

Pour l'évoquer, les mots « château de Barbe-Bleue » viennent sous ma plume. Peut-être parce que, vus de Froide Cour, les lointains de l'autre versant paraissent bleus.

Un peu plus bas coule l'Amblève.

J'ai tout de suite aimé cette rivière sauvage, peu profonde, mais assez large parfois et même majestueuse à certains endroits. Tantôt elle est bordée de prairies, tantôt elle côtoie les forêts. Des branchages se penchent jusqu'à son eau vive, comme pour y boire.

Son cours est versatile. La rivière change sans cesse de direction, mais ses méandres ne sont pas des caprices : l'Amblève obéit à des nécessités qui nous échappent. Elle s'invente un chemin sinueux, envers et contre tout. Elle s'accommode de ce qu'elle rencontre : les pentes, les rochers, les prés, les arbres terrassés. Elle crée de petites îles désertes, où les oiseaux aiment se poser un instant. Depuis toujours, elle s'adapte à la dure Ardenne.

Ses eaux sont libres, rapides, turbulentes, imprévisibles. Une énergie habite l'Amblève. Une éternelle jeunesse.

Quoi de plus joli que son chant continuel, fait du bruissement de l'eau qui glisse sur les grosses pierres et les cailloux ?

J'aime ses couleurs changeantes.

D'ordinaire, elle paraît verdâtre. Sous un grand soleil, elle vire au bleu, avec des reflets argentés. Elle devient brune si un orage la trouble et remue ses fonds boueux. Et quand elle se heurte aux gros rochers qui affleurent, l'Amblève se change en écume toute blanche.

Cette fois, nous ne logerions pas au château, mais dans le fenil de la ferme, à cent mètres de l'édifice.

La montagne de foin accumulée dans ce grenier, sous des poutres géantes, constitua un matelas collectif idéal pour notre vingtaine de petits loups. Nous y faisions des bonds formidables. Nous nous y battions pour rire. Nous sautions du haut d'une échelle, dans le foin, sans nous faire le moindre mal. En outre, l'odeur omniprésente de l'herbe sèche était chaude et savoureuse.

Les quatre cheftaines – Akéla, Bagheera, Hathi et Baloo – logeaient aussi dans ce fenil, mais à un étage supérieur.

Elles y accédaient au moyen d'une échelle. Il nous était interdit d'y monter. Ce coin de la grange, elles en avaient fait leur domaine privé. C'était le « dortoir des grandes ».

Le soir, quand elles se retiraient là-haut, les cheftaines nous échappaient. Plongés dans le noir, nous percevions pourtant des bribes de leurs bavardages.

Les rires des jeunes filles fusaient. Le faisceau de leurs lampes de poche éclairait parfois les grandes poutres de chêne. À la recherche de quoi ? De qui ? Une chauve-souris, un hibou ?

Sans doute faisaient-elles un peu la fête, entre filles. Elles avaient peut-être débouché une bouteille de vin. Après tout, c'étaient les vacances. Akéla, Bagheera et les autres n'étaient plus à notre entière disposition. Elles échangeaient des confidences, des plaisanteries dont nous n'aurions pas saisi le sens. Nous étions des enfants. Il y avait un monde entre elles et nous. L'écart de ces quelques années cruciales qui transforment un être humain de fond en comble.

Si l'un de nous se risquait à appeler : « Akéla ! », la voix mélodieuse et ferme répliquait :

« Silence, les petits loups ! Maintenant, vous DORMEZ. »

Le sommeil se répandait de proche en proche, sur la montagne de foin, jusqu'au dernier louveteau.

Je coulais à pic, pour ne me réveiller que le lendemain, dans la lumière du jour. J'avais dormi d'une seule traite. Comme un petit enfant. De ma vie, je n'ai plus jamais passé d'aussi bonnes nuits.

Des nuits sans rêve et sans heurts.

Des nuits qui abolissaient le temps.

Il a fait très beau pendant les vacances de Pâques 1944. Les gens de ma génération s'en souviennent. Le printemps mettait les bouchées doubles. La nature changeait à vue d'œil.

Ce serait, de toute manière, sous le soleil ou sous la pluie, un printemps extraordinaire. Celui du Débarquement. Nous attendions tous la grande nouvelle. Nous savions que chaque journée était un pas de plus vers la liberté.

Les avions passaient nombreux dans le ciel. Le plus souvent je savais les identifier. Spitfire, Mustang, Thunderbolt et les Forteresses volantes… Nous étions à l'évidence dans l'axe d'un couloir aérien.

Un jour, l'aurore m'a sauté au visage. Comme si quelqu'un avait soudain fait jaillir la lumière dans notre grenier.

Profitant d'un volet grand ouvert, le soleil avait envahi, en une seconde, le coin du fenil où j'étais étendu.

Je me levai. Tous les autres dormaient encore. Je vis Akéla descendre l'échelle. Un rayon de soleil illuminait ses yeux verts. M'apercevant, elle sourit.

« C'est toi, Guy ? Déjà réveillé ? Tu veux faire un tour avec moi ? En revenant, nous passerons prendre une cruche de lait à la ferme. Mets un gros pull et des bottes. »

L'herbe était couverte de rosée. Le ciel flambait encore.

« Les étoiles de l'aube sont déjà éteintes, dit-elle.

— Les étoiles de l'aube ?

— Oui. Les dernières de la nuit. Elles brillent un peu plus longtemps que les autres, tout simplement parce qu'elles sont plus grosses, plus proches de la Terre. Elles portent de beaux noms, ces étoiles. Sirius, Véga… Elles scintillent alors qu'une lumière laiteuse envahit le ciel à l'orient. Pendant un court moment, le soleil a rendez-vous avec les étoiles… Oui, le jour et la nuit coexistent, un tout petit peu. Et puis, l'apparition du globe solaire tout entier chasse les dernières étoiles. Les marins anciens les aimaient bien, ces étoiles de l'aube. C'étaient pour eux de précieux points de repère. Quand l'horizon devenait visible, les marins calculaient leur position sur l'océan en mesurant la hauteur des étoiles avec un instrument de navigation appelé astrolabe.

— Comment sais-tu cela, Akéla ?

— Mon papa est un astronome. Et d'ailleurs, il existe une toute petite planète, un astéroïde, qui porte mon nom.

— Qui s'appelle Akéla ?

— Mais non ! Qui s'appelle Jeanne. Ne le dis pas aux autres. J'aurais l'air de me vanter. C'est un secret entre toi et moi. »

Trois jours passèrent. Notre innocent cri de guerre retentissait souvent à l'endroit de nos rassemblements, entre la ferme et le château :

Akéla, de notre…

Mieux !

Akéla, Bagheera et les autres cheftaines avaient bien préparé le camp de Pâques. Le thème des Indiens les inspirait. Elles avaient bricolé de petits totems, un poteau de torture, des coiffes de grands sachems.

Comme de coutume, la tâche principale de chaque sizaine serait de construire une cabane. Cette fois, il s'agirait, bien entendu, de cabanes en forme de tipi.

Le fermier qui nous hébergeait dans son fenil nous procurerait quelques longues perches. Nous les assemblerions en cône avec des ficelles savamment nouées. Une vieille couverture peinte de motifs indiens, étoffée de branches de sapin… Et vous obtiendrez un tipi à peu près convenable.

L'endroit du tipi de ma sizaine (les gris), je le choisis en compagnie d'Akéla.

J'étais son premier sizenier. Son homme de confiance !

Derrière le château, nous avions trouvé l'entrée d'un chemin qui s'enfonçait dans la forêt.

Ce chemin montait vers la fagne.

Il rétrécissait. Il devenait de plus en plus abrupt, jusqu'à n'être plus qu'un sentier très étroit, où l'on n'aurait pu se croiser. Un sentier fait pour la file indienne !

Cela sentait la résine, le pin, la mousse, l'herbe mouillée, la tourbe…

Nos pas s'enfoncèrent. Le sol devenait spongieux.

« Nous entrons dans la fagne », dit Akéla.

Le sentier forestier finissait. La vue s'élargit. Je découvris une sorte de savane, une brousse, avec çà et là des arbres rabougris, tordus par le vent.

Le ciel était argenté. De grands nuages y voyageaient, à vive allure.

« La fagne est le royaume du vent, me dit Akéla. C'est tonique. La vie vous fouette le visage. J'aime ça ! On se croirait en pleine mer. Le bruit du vent dans les arbres ressemble au bruit des vagues, tu ne trouves pas ? En automne et en hiver, le sol de la fagne est roux. Il a bien reverdi. On voit déjà les buissons des futures myrtilles. Il faut que tu reviennes ici l'été. C'est un délice ! »

Nous longions un marais. Une eau rougeâtre, couverte de mousse par endroits. Quelques petites fleurs blanches pointaient sur ses bords.

« Ce marais n'a pas l'air bien profond. Mais ne t'y fie pas. Tu pourrais t'y enliser. On m'a raconté l'histoire d'un grand chien loup qui a sauté dans un marais de la fagne, et qui n'a jamais pu s'en dépêtrer, malgré les efforts de son maître. Là, c'est comme de la gélatine. Quand on y regarde de plus près, cela grouille de petits points noirs, qui deviendront très vite des têtards, puis des grenouilles. Partout, c'est plein de vie. J'adore le printemps. J'ai un âge de printemps. Dix-huit ans.... »

Elle examina l'horizon.

« Nous n'avons pas rencontré de gros gibier. Dommage. À l'aube et au crépuscule, on aperçoit parfois des cerfs ou des chevreuils à la lisière de la forêt. Comme s'ils voulaient saluer le soleil, contempler le début et la fin du jour... Allons, monsieur le premier sizenier, il est temps de rejoindre les autres. Ils doivent se demander où nous sommes passés. »

Je décidai de construire le tipi, avec mes louveteaux, au bout de ce sentier, sur la frontière entre la fagne et la forêt.

En ce temps-là, un louveteau devait toujours avoir cinq objets sur lui : un canif, un carnet, de la ficelle, un mouchoir et un chapelet…

Mon objet préféré, c'était le canif. Ce matin-là, après le petit déjeuner (tartines plaquées de sirop ou de marmelade, biscuits vitaminés, gruau d'avoine), je l'ai cherché fébrilement dans mes poches, j'ai fouillé en vain mon grand sac de scout.

Plus de canif !

Peut-être l'avais-je laissé là-haut, sur le chantier de notre tipi ?

« Où vas-tu comme ça ? » me lança Bagheera quand elle me vit courir en direction de la forêt.

« À la feuillée ! C'est très urgent ! » lui répondis-je sans m'arrêter.

La feuillée… Sous ce nom poétique, les scouts et les louveteaux désignaient le grand trou qu'ils creusaient au fond d'un bois, à l'écart. Cette fosse servait à satisfaire leurs besoins naturels. Il y avait bien un cabinet dans la cour de la ferme, avec une ouverture en forme de cœur pratiquée dans la porte de bois. Mais ce lieu d'aisance n'était pas très ragoûtant. Et, de toute manière, insuffisant pour toute une meute.

Le louveteau qui filait, ce matin-là, seul, sur le sentier forestier, dépassa l'endroit de la feuillée. Il voulait retrouver son beau canif au plus vite.

La brume s'éleva. J'évoluais maintenant dans une atmosphère ouatée. On n'y voyait pas à deux mètres. Heureusement, le sentier forestier allait tout droit. Un bon fil d'Ariane. Aucun risque de s'égarer.

J'accédai à la fagne. Elle était invisible ! Le haut plateau était plongé dans une blancheur aussi impénétrable que l'obscurité de la nuit. Au premier plan, je distinguais quelques ombres vagues.

Des arbres fantômes.

Et puis, une de ces ombres se mit à bouger. Elle avançait droit vers moi.

C'était un homme.

Au bout de quelques pas, la silhouette s'arrêta. Puis reprit sa marche.

Je ne songeais pas à fuir.

Une veste noire se détacha d'abord de la brume. Je portai mon regard sur les bottes qui foulaient l'herbe haute.

Un jeune homme souriant s'arrêta en face de moi. Il me salua de la main. Il était très grand. Il avait les cheveux ébouriffés. Son visage était maculé de boue.

Un homme exténué. Mais souriant. Rassurant.

I am an American.

Il fit encore un pas. Il ajouta :

I am your friend.

J'étais ébahi.

Un seul mot sortit de ma bouche : « Bonjour… »

Je me mis au garde-à-vous. Et je fis le salut louveteau.

Deux doigts levés, bien écartés.

Ce salut représente les oreilles du loup aux aguets.

À ma grande surprise, l'homme me salua de même. Avait-il donc été louveteau en Amérique, dans son enfance ? Quel était son totem ? Un sizenier comme moi ?

Sur le moment, j'ai été très naïf.

Il est bien plus probable que l'aviateur avait pris mon salut louveteau pour le V de la Victoire, le V de Churchill.

Les deux signes, il est vrai, peuvent être confondus, comme des frères jumeaux.

Je me sentais étrangement calme. Je m'efforçais d'être à la hauteur de ce héros américain.

Sympathique… Cet adjectif me semble avoir été inventé tout exprès pour qualifier ce jeune homme, ce coureur des bois, qui venait de surgir de la brume.

Je n'étais qu'un enfant. En apercevant ma petite silhouette, il avait dû être lui-même rassuré. Il s'était approché de moi tout doucement, pas à pas, en essayant de ne point m'effaroucher. Il avait besoin de moi. Il m'avait pris, sans doute, pour un fils de paysan, familier de ces grands espaces, connaissant tous les chemins.

Il naît une connivence naturelle, universelle, entre les soldats obligés de faire la guerre et les gamins, inoffensifs et ingénus. Alors les soldats déposent un peu les armes. Ils jouent, ils plaisantent. En présence d'un enfant, ils retrouvent leur enfance, leur petit frère resté au pays, leurs beaux souvenirs.

31

Le secret de Guy Moutier (suite)

Un pistolet pendait à sa ceinture.

Et j'observai que sa main gauche était enroulée dans une chaînette. Il surprit mon regard. Il retira la chaînette et me montra un médaillon.

« C'est saint Christophe... Je lui dis merci. Il a fait du bon travail cette nuit. Je n'avais jamais sauté en parachute. Alors, j'ai gardé tout le temps cette médaille dedans ma main. »

Il s'exprimait en français, avec un drôle d'accent.

Il dit encore :

« Mon nom est Jim Brady. Je suis capitaine. Deux chasseurs de nuit allemands nous ont descendus, au-dessus d'Aix-la-Chapelle. Notre avion a pu voler jusqu'ici. J'espérais atteindre la mer et puis l'Angleterre. Mais le second moteur a flanché. Nous avons sauté. Notre avion a dû s'écraser plus haut, dans ces marécages. »

L'aviateur avait accompagné son récit de gestes très parlants. Il me demanda :

« Quel est votre nom ?

— Guy Moutier. Je participe à un camp de louveteaux, dans une ferme, près d'ici. Je suis premier sizenier.

— Où sommes-nous ?

— En Belgique. Pas très loin de la frontière allemande. »

L'aviateur se retourna. Il siffla dans ses doigts.

Un sifflement strident, qui fit bouger une ombre dans la brume.

J'entendis :

Hello, Jim !

Un autre homme se détacha du brouillard. Il était pareillement vêtu d'une veste de cuir, très foncée, avec un col de fourrure blanche. Il boitait légèrement.

« Voici Amos Neka, fit Jim Brady. Il s'est fait mal en tombant. Mais ce n'est pas grave. Nous avons marché dans la nuit. Puis dans le *mist.* Pas de chance. On n'y voyait rien. Nous avons juste suivi la pente du terrain. Quand on se perd, il faut toujours descendre. On finit toujours par trouver une rivière. Et, près des rivières, il y a des maisons… C'est une région étrange. Tous ces marais… La Belgique, c'est comme ça ? C'est sauvage ? Y a-t-il beaucoup d'Allemands par ici ? Tu peux nous aider ?

— Oui, oui, pas de problème. Je vais vous cacher dans un tipi.

— Un tipi ? Yep ! Mon ami Amos Neka est un grand chef sioux. »

La brume se dissipait. Le soleil commençait à percer. Comme souvent dans la fagne, ce brouillard du matin préludait au beau temps.

Le mariage du jeune soleil et des dernières brumes fut une merveille.

Les deux Américains eurent un sourire quand je les menai vers le tipi, plutôt branlant, de la sizaine des Gris. Jim Brady me tendit une tablette de chocolat. Je la mis en poche.

Je dis aux aviateurs :

« Si vous voulez, vous pouvez vous reposer sous cette tente. Il y a des couvertures à l'intérieur. C'est très confortable. Ne bougez pas d'ici. Je reviendrai le plus vite possible avec mon Akéla…

— Akéla ?

— Ma cheftaine. Une fille qui n'a peur de rien. Vous pouvez compter sur elle. »

Nouveau salut louveteau. Et je filai, avec l'agilité d'un faon, dans le sentier forestier.

J'avais fait de mon mieux.

Je touchais, au fond de ma poche, cette tablette de chocolat américain… Preuve que je n'avais pas rêvé.

Je me disais :

« Nous allons sauver ces deux aviateurs, Akéla et moi… »

C'étaient les premiers Américains de ma vie !

Je retrouvai le château et la ferme…

Et, comme je descendais la pente de la prairie, je fus saisi de stupeur et d'effroi.

Un camion de l'armée allemande était arrêté sur le chemin de la ferme. Toute la meute était rassemblée devant l'entrée de la cour. Avec des soldats casqués, dans tous les coins. J'aperçus Akéla, à côté d'un officier.

Je présumai que la chute de l'avion dans la fagne était connue des Allemands. Peut-être même avaient-ils déjà trouvé l'épave ? Ils étaient friands de ces épaves, qu'ils « désossaient », qu'ils examinaient sous tous les angles. À présent, ils devaient traquer les aviateurs dans les fermes de la région.

J'aurais pu encore tourner les talons.

Un soldat leva les yeux vers moi. Il me montra du doigt à ses camarades.

Alors j'ai eu un bon réflexe.

Peut-être le meilleur réflexe de toute ma vie.

Si j'avais fui dans la forêt, tel un animal apeuré, j'aurais éveillé les soupçons des Allemands.

Non, j'ai marché vers eux, le plus calmement du monde. J'ai repris ma place.

À la droite d'Akéla.

Je me plaçai sous son aile.

L'officier s'est adressé à moi.

« D'où viens-tu ?

— De la feuillée. »

Akéla eut un mot d'explication pour l'Allemand.

« As-tu rencontré des aviateurs américains ? Ne mens pas. »

Par miracle, je réussis à ne pas rougir.

Le château et la ferme ayant été fouillés, la patrouille de soldats remonta dans le camion.

L'officier prévint Akéla :

« Faites bien attention, Mademoiselle. Nous reviendrons. »

Les louveteaux purent enfin s'égailler. On allait organiser tout de suite un grand jeu de foulard, pour leur changer les idées. La guerre les avait rattrapés, dans cette clairière si attrayante d'ordinaire.

J'aperçus, en haut de la prairie qui précédait la forêt, une buse.

Ce rapace nous rendait visite chaque jour.

Mais il gardait ses distances.

La buse se posait dans l'herbe, sur les hauteurs. Elle scrutait le domaine de Froide Cour. Ayant aperçu quelque bestiole appétissante, elle ouvrait ses larges ailes et volait en rase-mottes.

Je la suivis des yeux. J'en avais presque oublié mes aviateurs. Et puis ma main toucha ce chocolat, au fond de ma poche. Je le dégusterais plus tard. Je ferais durer le plaisir.

J'en donnerais peut-être la moitié au plus jeune louveteau de ma sizaine.

Je rejoignis Akéla.

« Je dois te parler. C'est très important. Viens par ici…

— Que se passe-t-il, mon grand ? »

Nous marchâmes tous les deux dans la direction du château.

Je m'arrêtai. Je fis face à mon Akéla. Je fixai ses grands yeux verts, à présent teintés d'inquiétude.

« Akéla. J'ai rencontré deux aviateurs américains dans la fagne. Leur avion s'est écrasé. Ils ont sauté en parachute. Je leur ai parlé…

— Quoi ?

— Oui. Ce matin. Il y avait beaucoup de brouillard.

— Où sont-ils maintenant ?

— Là-haut. Près du tipi des Gris… Et, tu sais, l'un des deux est un Indien sioux. Un vrai ! Si ! Je te le jure ! L'autre s'appelle Jim…

— Viens vite. »

Elle me prit par la main. Ce n'était pas le moment. Ne m'étais-je pas comporté comme un homme ?

Elle me dit :

« Tu vas me conduire jusqu'à eux. Mais d'abord, je vais demander à Bagheera d'emmener la meute en promenade, du côté de Stoumont. Retour à midi et demi pour manger. Pendant ce temps, nous irons chercher les aviateurs. Nous les mettrons en lieu sûr. Toi, Guy, tu es le plus grand de mes petits loups. Je ne te demanderai plus qu'une seule chose. Mais très importante. Le silence. Il faut absolument que tu ne parles de tout ceci à personne. Pas un mot aux louveteaux. Car ils risqueraient de raconter à tout le monde l'aventure extraordinaire de notre camp de Pâques… Les murs ont des oreilles. La Gestapo est d'une habileté diabolique. Elle finirait par retrouver les deux aviateurs. Elle punirait ceux qui les ont aidés. Quand tu seras rentré chez toi, pas un mot non plus à tes parents. Cela vaudra mieux. Je sais que cela ne sera pas facile. Il faudra attendre que les Allemands aient quitté définitivement la Belgique. Jusque-là, ce sera un grand secret entre toi et moi. Mais je peux déjà te dire... »

Elle me caressa la joue, avec tendresse.

« Quoi ?

— Que je suis très fière de toi.

— J'aurai la dent d'Akéla, alors ? »

Il s'agissait d'une dent de plastique, énorme, recollée, rapiécée. Assez moche, mais très convoitée. Ce trophée récompensait, traditionnellement, le louveteau le plus méritant du camp.

Akéla sourit.

« Non. Tu ne l'auras même pas ! Les autres se demanderaient pourquoi je te l'attribue. Entre nous, le tipi des Gris n'est pas le plus réussi. Tout doit rester secret. »

Nous atteignîmes la cabane. Les deux Américains avaient sorti les couvertures. Ils étaient allongés dans l'herbe, sous le soleil de la fagne.

Jim Brady avait trouvé mon canif rouge, à six lames. Il se redressa et me le tendit.

« C'est à toi ? »

Son regard se porta sur la cheftaine.

Ils devaient avoir à peu près le même âge, ces deux-là. J'étais fier de les présenter l'un à l'autre.

« Bonjour, capitaine Jim ! fit la jeune fille, d'un ton joyeux. Comment allez-vous ? Bienvenue en Belgique ! Bonjour à vous... Quel est votre nom ? »

L'Indien sourit :

« Sergent Amos Neka. *US Air Force.* »

Akéla prit les deux hommes à l'écart. Elle baissa le ton. Mais je perçus quand même ses paroles :

« Vous êtes bien tombés. Je fais partie de la Résistance. Nous allons vous aider. Vous ramener tous les deux en Angleterre. Il existe une filière… Le voyage est sans doute un peu long. D'abord, vous serez cachés dans la ferme, près d'ici. Le fermier est un homme tout à fait sûr. Il vous procurera d'autres vêtements. Demain, quelqu'un viendra vous chercher…

— Quelqu'un ?

— Ne posez pas de questions. Ayez confiance. Suivez-moi. »

Chaque minute de ce jour d'avril est restée dans ma mémoire.

Je m'étonnais du calme et du naturel de ce grand jeune homme et de son équipier silencieux.

Et pourtant, quoi de plus dangereux qu'une mission d'aviateur en temps de guerre ?

Quelques heures plus tôt, ils avaient failli mourir. Ils avaient sauté en parachute dans la nuit, au-dessus d'un pays inconnu. Et voilà qu'ils suivaient à travers bois une belle cheftaine de louveteaux. Comme si la chose allait de soi. Comme s'ils participaient à un grand jeu.

C'est la fameuse inconscience de la jeunesse. À vingt ans, la mort, on n'y croit qu'à moitié. On n'y songe pas.

À présent, Jim sifflotait.

Akéla se retourna vers lui et demanda…

« Quelle est cette jolie mélodie, capitaine Jim ?

— *Sentimental Journey.* Chez nous, en Amérique, c'est un gros succès.

— Avez-vous vu *Gone with the wind* ?

— Bien sûr.

— C'est beau ?

— Magnifique !

J'ai adoré le roman », dit la jeune fille.

Elle ajouta :

« Et *Citizen Kane*… Vous connaissez ? »

Depuis quatre ans, nous étions privés de cinéma américain.

Je tendais l'oreille. La première conversation entre ma cheftaine et le pilote de guerre m'amusait, m'attendrissait. Les films événements, les romans à succès, les chansons à la mode… C'était de leur âge.

Jim se remit à siffloter *Sentimental Journey.*

J'éprouvais déjà une formidable admiration pour lui.

La meute était encore en promenade.

Akéla confia les aviateurs au fermier de Froide Cour. Lui-même avait deux fils d'à peu près leur âge, qui, depuis quelque temps, menaient la vie d'hommes des bois, pour échapper aux réquisitions. Le Service du travail obligatoire prétendait envoyer ces deux gars en Allemagne. À la première alerte, les deux fils de la ferme s'esquivaient par une porte de service et disparaissaient dans la forêt. Si c'était en pleine nuit, leurs sœurs les remplaçaient dans les lits. Pendant la perquisition, il ne fallait pas laisser des draps encore chauds dans des lits désertés.

Pour occuper leur temps, les deux jeunes Ardennais faisaient des réserves de bois mort.

Les blousons de cuir des aviateurs américains, si compromettants, il fallait les détruire, les perdre au fond d'une fosse à purin, ou les cacher soigneusement. Notre ami fermier les emporta dans un sac. Il emprunta mon sentier forestier. Je le suivais à quelques pas, en m'efforçant de retenir des indices. J'aurais pu semer des cailloux, comme le Petit Poucet. L'homme quitta le chemin et s'enfonça dans les fourrés épais. Un peu au-delà de notre feuillée, il creusa un autre trou avec sa bêche, il y enfouit les deux belles vestes, doublées de fourrure de mouton. Il plaça une grosse pierre blanche par-dessus. Je lui demandai :

« Excusez-moi, Monsieur, j'aimerais bien avoir un de ces deux blousons, plus tard… Est-ce possible ?

— Bien sûr, mon petit. Tu n'auras qu'à revenir à Froide Cour. Mais je ne sais dans quel état nous retrouverons ces blousons. Cela dépendra de la durée de la guerre. »

Akéla m'attendait dans la cour de la ferme. Elle avait enfourché un grand vélo de fille. Elle me dit :

« Je dois me rendre du côté de Trois-Ponts. Tu m'accompagnes ? Allez, monte sur le porte-bagages. Tu n'as pas peur au moins ? »

Moi, peur ? Mon père était un marchand de cycles bien connu à Liège. Chez nous, deux odeurs étaient souveraines : celle du caoutchouc, dans le magasin, celle de la graisse dans l'atelier.

Malheureusement le fermier n'avait qu'un seul vélo. Sinon, j'aurais pu épater ma cheftaine, je lui aurais montré ma pointe de vitesse.

Car mon vélo, fait sur mesure par papa, me donnait des ailes.

Grâce à un élastique, Akéla fixa une couverture sur le porte-bagages.

« Comme ça, tu n'auras pas trop mal aux fesses… »

Je grimpai là-dessus avec l'aisance d'un fils de cow-boy sautant sur un poney.

Akéla me dit :

« Mets tes bras autour de ma taille. Tiens-toi bien. »

D'abord je touchai son dos. Je sentis l'agrafe de son soutien-gorge, sous le pull.

Elle se tourna vers son passager.

« Mais qu'est-ce tu attends ? »

J'enlaçai la jeune fille. Elle sentait bon.

« Tu peux te serrer très fort contre moi. Ce sera plus prudent. »

Elle démarra.

D'étranges idées me passaient par la tête. Ce corps que j'enlaçais était souple et doux. Oui ! De drôles d'idées étaient nées en moi au cours de ce camp de Pâques, dans l'allégresse du printemps. Lors d'un jeu de ballon, je m'étais retrouvé, par accident, projeté tout contre la jeune fille. Ma main droite s'était posée sur son pull vert. J'avais senti sa poitrine. Région mouvante, émouvante…

D'où vient que, trente-deux ans plus tard, je garde une mémoire si vive de ce contact furtif ? Une douce brûlure d'enfance, qui me titille encore.

Ce matin-là, comme nous filions dans la vallée de l'Amblève, mes bras frôlaient cette région sacrée du corps féminin.

Une région vague, une terre inconnue… Il m'arrivait de rouvrir certains volumes du Grand Larousse illustré, pour rafraîchir mes connaissances anatomiques. Les nus de Manet, Renoir, Velasquez, Goya m'éclairaient. *La Naissance de Vénus,* peinte par Botticelli, me laissait entrevoir, en dépit des gestes pudiques de la déesse, les contours des douces collines jumelles.

Akéla roulait vite. Dans les nombreux virages de cette route qui imitait les méandres de l'Amblève, notre vélo penchait. Et je me serrais contre le dos de cette jeune fille intrépide. Ses longs cheveux soulevés par le vent me masquaient parfois la vue. J'ai même eu plusieurs de ses mèches dans ma bouche.

Ce fut une descente enivrante, sur de petites routes de campagne, par un joli matin d'avril. Les prés regorgeaient de pâquerettes, de cardamines, de boutons d'or. Nous ne faisions qu'un, Akéla et moi. Notre étreinte innocente répondait à un désir de tendresse, chez elle comme chez moi. Une jeune fille et un petit garçon jetés dans la guerre s'accrochaient l'un à l'autre, se réchauffaient, se rassuraient. Les temps étaient difficiles et périlleux.

Trois-Ponts : des viaducs, des tournants qui n'en finissent pas. Un poteau indiquait : *Stavelot 5 kilomètres.* Akéla suivit cette route-là, qui longeait l'Amblève. Elle pédalait avec toute la vigueur de ses dix-huit ans.

Puis elle mit pied à terre. Son corps sentait la sueur.

Nous franchîmes un petit pont sur l'Amblève, à droite de la route. Elle poussait le vélo. Un peu plus haut sur ce chemin, on découvrait une énorme bâtisse.

« C'est le château du Petit-Spay », dit Akéla.

Un château ? C'est beaucoup dire, pensai-je. Cette grande demeure à colombages, percée de multiples fenêtres, surmontée de toitures compliquées ? Le Petit-Spay n'avait pas l'allure, la prestance, le mystère du château de Froide Cour.

« Attends-moi ici », dit Akéla.

Des enfants jouaient dans le parc voisin.

« Qui sont ces enfants ?

— Leurs papas sont prisonniers en Allemagne. Les enfants sont hébergés et scolarisés ici, dans le bon air de l'Ardenne. Petit-Spay est un château-colonie. Attends-moi ici. Je dois voir quelqu'un. »

Akéla sonna à la grande porte. Un enfant lui ouvrit. Puis un prêtre apparut sur le perron. Plutôt moine que curé. Il portait une soutane toute blanche. La jeune fille discuta avec lui pendant au moins un quart d'heure. Elle revint vers moi.

« C'est un Père blanc, me dit-elle. Un homme bien. Tout est réglé. »

Le chemin du retour parut bien long. À la fin, Akéla dut mettre pied à terre et pousser la bicyclette. Je marchais à son côté. La magie était finie. Une course grisante à vélo, les bras enserrant la taille d'une jeune fille merveilleuse, dont les longs cheveux bruns claquent, glorieux, comme une oriflamme, cela n'arrive pas deux fois en un jour. Ou même en une vie. Ce sont des moments fulgurants, qui durent dans la mémoire.

Enfin, voilà Froide Cour.

Akéla pesta quand elle vit les deux aviateurs, à présent vêtus d'une salopette trop courte. Ils se promenaient au grand jour. Ils se dirigeaient vers la rivière.

« C'est quand même très imprudent ! Les Allemands ont dit qu'ils reviendraient... ».

Nous rejoignîmes les deux hommes au bord de l'eau. Jim faisait des ricochets.

« Vous devriez rentrer », leur dit Akéla.

Jim regardait l'eau vive.

« Chez moi, dans le Nebraska, il existe une rivière très large, mais très peu profonde. C'est comme une immense flaque d'eau. On l'appelle la Platte River. Elle semble morte. Votre Amblève est vivante. Mais tous les printemps, début avril, des milliers de grues du Canada se donnent rendez-vous sur la Platte River. C'est là qu'elles s'accouplent. Au début du mois d'octobre, ces grands oiseaux reviennent sur la Platte River. L'escale habituelle, avant de partir pour des régions chaudes. Comme le Texas… »

Akéla lui demanda :

« Que ferez-vous quand la guerre sera finie ?

— J'ai commencé des études d'ingénieur aéronautique.

— Est-ce l'observation des grues qui vous en a donné l'idée ?

— Peut-être. Elles volent encore mieux que les avions américains. Elles se tiennent comme ça… »

Jim imita la posture aérodynamique d'une grue en plein vol : le cou en avant, les pattes rejetées vers l'arrière.

Il était comique !

« Parfois les grues volent si haut qu'il est impossible de les voir à partir du sol. Ce sont les plus grands oiseaux d'Amérique. Elles ont à peu près la taille d'un enfant de ton âge.

— Votre avion, c'était quoi ? demandai-je.

— Un Lightning.

— Cela veut dire la foudre, ajouta Akéla. Quel genre de Lightning, Jim ?

— Un avion d'observation, de reconnaissance photo. On enlève les mitrailleuses, pour le rendre plus rapide, plus insaisissable. Pour cette mission, j'étais aux commandes. Amos prenait les photos. C'est un très bon avion. Je suis triste de l'avoir perdu. »

Et, à l'aide d'un caillou, Jim dessina sur le sol, au bord de la rivière, le profil caractéristique de l'avion au double fuselage, le P 38 Lightning. Les Japonais, qui affrontaient cet appareil dans le Pacifique, l'avaient surnommé « le diable à deux queues ».

Jim ajouta :

« Le plus souvent, le Lightning est un monoplace. Mais le nôtre… »

Akéla l'interrompit.

« Attention ! Les louveteaux sont de retour. On les entend chanter sur le chemin. Vous deux, cachez-vous vite dans la ferme. Et n'en sortez plus. Tout est réglé. Vous partirez d'ici demain à l'aube. »

Je retrouvai avec joie ma sizaine. J'aurais eu tant de choses à raconter à mes copains. Mais ma bouche était liée par le serment fait à Akéla.

C'était le dernier soir du camp de Pâques. Un grand feu de camp fut allumé, entre la ferme et le château.

Des chants, de petits sketches amusants…

En voyant rire Akéla, je souriais dans l'ombre. Je me surpris à porter mon regard plusieurs fois vers elle. Son doux profil, dans la lueur tremblante des flammes, m'attirait comme un aimant. Je ne comprenais rien à cette fascination toute nouvelle.

Quand j'y songe, cette nuit, en écrivant ces quelques souvenirs dans mon bureau de professeur, ce feu de camp me semble presque aussi lointain qu'une étoile.

Ce petit garçon, fasciné par la grâce d'une femme, je l'aime bien. J'admire sa force et son innocence. Ce Guy Moutier n'est pas moi. Je n'ai plus la même confiance dans la vie. J'ai perdu à jamais la sérénité de mes onze ans.

Les étoiles...

Ce soir-là, à Froide Cour, il nous suffisait de lever les yeux pour découvrir cette merveille : un ciel étoilé et profond.

Akéla m'avait confié que ce ciel nocturne, immensément riche d'étoiles, annonçait un lendemain ensoleillé.

Les cheftaines n'alimentaient plus le feu. Il allait mourir, de sa belle mort. Nous contemplions les braises rougeoyantes.

Les plus petits louveteaux, enveloppés dans une couverture, s'assoupissaient.

Encore quelques chants...

Un chant parlait des Indiens et du grand manitou. Akéla, très amusée, me fit un petit signe de connivence. Amos Neka nous écoutait peut-être, par la fenêtre ouverte, dans la chambre des fils du fermier.

Et puis des chants plus doux, plus lents.

Comme *Le Cantique des étoiles*, qui m'émeut tant, depuis lors.

As-tu compté les étoiles
Et les astres radieux
Déployant aux nuits sans voile
Leur cortège dans les cieux ?

Enfin…

Ce n'est qu'un au revoir.

Les enfants et les cheftaines formèrent, autour du feu mourant, une chaîne de mains.

Je m'étais glissé à côté d'Akéla, pour pouvoir lui prendre la main en douce…

Le lendemain, dans le fenil, la lumière du jour, si soudaine, me réveilla. Je sortis de la grange. Je descendis dans la cour, en pyjama.

Une Citroën était garée devant la ferme. Et je reconnus, dans l'aube radieuse, Jim et l'Indien, Akéla et Bagheera.

Un inconnu, un jeune homme presque aussi grand que Jim, les accompagnait. Il prit place au volant de la voiture.

Je ne pus me retenir de courir vers eux. Jim, apercevant l'enfant des brumes, sourit. Il vint à ma rencontre. Il posa les mains sur mes épaules et dit :

«Merci, Guy. Je ne vous oublierai jamais. Quand la guerre sera finie, je vous inviterai en Amérique. Vous verrez le grand rendez-vous des grues du Canada sur la Platte River.»

Amos le Sioux fut moins loquace. Il porta sur moi son regard empreint de bonté.

Les aviateurs américains montèrent dans la Traction avant.

Quand la voiture eut disparu, Akéla se tourna vers moi. Je surpris des larmes dans ses yeux. Elle m'embrassa.

Elle chuchota :

«Dieu les bénisse !»

Et ce fut tout.

Quelques jours plus tard, sur mon banc de l'institut Saint-Paul, je grattais dans un cahier un exercice de français :

Une multitude d'étoiles brillent dans le ciel.

Le lendemain, le directeur de l'école mit tous les élèves en congé illimité.

Mais moi, je ne profitai pas de l'aubaine. Mon père avait le culte des études. Il eut l'idée de me conduire à Spa dès le week-end.

Je finirais mon année dans une école communale de la ville d'eaux. Ma grand-tante, une veuve, s'était retirée là-bas, dans une petite villa des alentours. Elle était assez revêche, mais avait le sens du devoir. Et puis elle m'aimait bien, pour m'avoir gardé chez elle, pendant quelques jours, quand j'étais tout petit. Mes mimiques, mon babil, l'avaient fait rire. Or, elle n'avait plus l'habitude de rire, depuis la mort de son mari, victime de la grippe espagnole après la Grande Guerre.

L'idée de mes parents, cet exil à Spa, n'était pas mauvaise. Outre que je garderais le contact avec l'orthographe et le calcul mental, je serais tenu à l'écart des bombardements, qui faisaient rage sur Liège. De hautes colonnes de fumée montaient, en particulier sur les quais de la Meuse. Les Alliés s'étaient mis en tête de détruire le pont ferroviaire du Val-Benoît, si important pour la Wehrmacht. Ils n'y arrivaient pas. Dans la presse collabo, on vit cette caricature : « Liégeois, si vous voulez être certains d'échapper aux bombes anglaises et américaines, placez-vous sur le pont du Val-Benoît ! »

Mon père était un sage. Et un excellent mécanicien. Un artisan du cycle. Ses affaires marchaient. En ces temps de rationnement d'essence, la bicyclette était un moyen de locomotion extrêmement utilisé.

Papa avait été réformé à cause de sa mauvaise vue. Il avait ainsi échappé, en juin 1940, au stalag. Mais « le marchand de cycles n'était pas un dégonflé ».

C'est ce qu'il disait quand il nous racontait à table, en riant, ses menus faits de résistance.

Un de ses meilleurs clients était un cycliste de la Wehrmacht, qui servait d'estafette entre la Kommandantur de la place Saint-Lambert et un centre de communication, à Lantin, où grouillaient les « souris grises ». Ainsi surnommait-on les auxiliaires féminines de l'armée allemande.

L'estafette s'appelait Helmut. Il apportait son vélo à papa. « Encore une crevaison, Monsieur Moutier.

— Revenez dans une heure. J'ai beaucoup de travail », répondait mon père.

Helmut allait boire un verre au café du coin.

Pendant ce temps, le marchand de vélos démontait la roue, enlevait la chambre à air en caoutchouc Mercier, de première qualité. Il la remplaçait par une chambre à air fabriquée à Liège dans un ersatz de caoutchouc, qui sentait fort mauvais, celui-là.

Helmut venait reprendre sa bicyclette, sabotée modestement, à la manière de mon père.

Il apportait chaque fois un vélo différent au magasin Moutier. À chaque réparation, mon père subtilisait la belle chambre à air Mercier et lui substituait l'ersatz en caoutchouc, puant.

À la fin du mois d'août 1944, Helmut passa une dernière fois au magasin de mon père.

« Je suis venu vous dire au revoir, Monsieur Moutier. Les Alliés vont bientôt arriver à Liège. Vous allez gagner la guerre. Moi, je vais retrouver ma famille. Et c'est tout ce qui compte. Je n'aime pas la guerre... »

Il poussa la porte du magasin et ajouta, sur le seuil :

« À propos, Monsieur Moutier, j'ai toujours su que vous placiez sur mes vélos de mauvaises chambres à air. Mais je ne l'ai jamais dit à personne. Cela m'était complètement égal. »

C'est ainsi que papa freinait l'effort de guerre de l'Allemagne.

Mais j'anticipe. Au retour du camp de Pâques, j'aurais tant aimé lui raconter ma grande aventure, le sauvetage des deux aviateurs américains perdus dans la fagne. J'étais tenu au silence par le serment fait à ma chère Akéla.

J'avais provisoirement perdu ma meute. Les réunions et les sorties des louveteaux étaient suspendues. Plus aucune nouvelle des cheftaines.

Je vivais à Spa.

En dehors des vacances, la ville d'eaux a une allure un peu triste.

Ma vieille tante, si grognon, sauf avec moi, me chouchoutait.

J'avais ajouté une phrase à la prière du soir, que je récitais à genoux, devant mon lit. Je disais :

« Et faites, Petit Jésus, que Jim et Amos puissent bientôt rentrer en Angleterre. »

Et encore :

« Et protégez mon Akéla. Et faites que je la revoie vite. Et ma sizaine aussi. Essayez, Petit Jésus, que le grand camp ait lieu quand même. »

Pendant la guerre, les prières des enfants étaient à rallonges.

Quelques jours après le Débarquement, alors que je flânais à vélo du côté de la gare de Spa, je vis arriver un train rempli de grands blessés. Ces soldats allemands venaient de Normandie.

Les brancardiers transportèrent les blessés sur le quai. C'était un spectacle terrible, dont je m'éloignai bien vite.

Ces hommes seraient hospitalisés près de Spa. L'état-major allemand avait choisi de ne pas les rapatrier tout de suite, pour préserver le moral de la population.

L'été fut magnifique. Des semaines d'attente fébrile, sous le soleil.

Pendant ces grandes vacances-là, les enfants purent jouer plus tard. À onze heures du soir, on entendait encore leurs cris et leurs rires dans les rues. L'heure allemande imposée par l'occupant avait repoussé la tombée de la nuit.

Je roulais beaucoup à vélo dans Spa, vide de voitures. J'étais libre comme l'air. J'explorais les villages alentour. Mais jamais je n'eus le cran de monter jusqu'à la fagne de Malchamps, de dévaler la route vers l'Amblève, de pénétrer dans le domaine de Froide Cour… Et de suivre l'étroit sentier à travers la forêt…

Ce château n'était pas si loin.

Une sorte de superstition retenait mon élan.

Le 10 septembre, les blindés américains entrèrent dans Spa.

Et l'ambiance changea du tout au tout.

Le commandement suprême U.S., se rendant compte des vastes possibilités en logements dans la petite ville, commença à y envoyer des unités de toutes sortes. Ce fut rapidement une invasion, une agréable invasion cette fois.

J'ouvrais tout grands mes yeux. J'attrapais au vol les cadeaux que les G.I's lançaient sans lésiner. « Cigarettes pour papa, chocolat pour maman », réclamaient les gamins de Spa.

Je virevoltais à bicyclette dans les parcs, les avenues bordées de grandes villas, héritage de la Belle Époque. L'état-major de la Ire armée américaine, commandée par le général Courtney Hodges, s'installait dans ces villas, ces hôtels au style suranné.

Les G.I's sifflaient toutes les filles, plus ou moins jolies, qui passaient dans les rues. Siffler par admiration, c'était nouveau pour nous.

Les bureaux particuliers du général Hodges se trouvaient au premier étage de l'hôtel Britannique.

Ils donnaient sur les jardins. D'énormes cartes pendaient aux murs. Des sentinelles montaient la garde à toutes les entrées de l'hôtel et à chaque étage.

De grandes limousines kaki, avec une, deux ou trois étoiles (réservées aux généraux), entraient dans la cour et en sortaient, jusqu'à des heures avancées de la nuit.

Le *Press Camp*, où travaillaient une soixantaine de correspondants de guerre, avait été logé dans l'hôtel de Laeken, derrière l'établissement des Bains. Une activité fébrile régnait dans cet hôtel. Des correspondants partaient ou entraient en courant, à toute heure du jour et de la nuit. Les correspondants à la radio se précipitaient vers le petit studio installé dans les bâtiments du casino. Et, comme un Américain ne va jamais à pied, ces journalistes utilisaient la jeep pour leurs navettes.

Un émetteur de T.S.F. avait été monté dans les jardins du casino, son antenne en V dirigée vers Londres. Une autre antenne, au sommet d'une tour de l'église de Spa, envoyait chaque jour les nouvelles vers New York.

Un jeudi après-midi, j'ai pu accompagner un journaliste spadois à l'intérieur de l'hôtel de Laeken. On nous a fait monter au premier étage. Nous avons visité la salle où les correspondants rédigeaient leurs papiers à la machine à écrire, puis la chambre de la censure, où tout devait être examiné et contresigné, et enfin la chambre des télétypes et des codes. C'était une organisation parfaite.

À la fin du mois de septembre, j'aperçus Akéla et Bagheera… Elles traversaient, d'un pas vif, le parc de Sept Heures. J'ai eu un peu de mal à reconnaître Akéla. La pâleur de son teint. Les cheveux coupés court.

Je fonçai vers les deux jeunes femmes. Je sautai de mon vélo. Akéla eut un cri de joie. Elle s'accroupit devant moi et me serra contre elle, en pleurant.

« Mais pourquoi pleures-tu, Akéla ?

— Ce n'est rien, ce n'est rien, mon grand. Je suis si contente de te revoir. »

Je posai la question qui me brûlait les lèvres.

« As-tu des nouvelles des aviateurs américains ?

— Non. Amos Neka a suivi une autre filière d'évasion, semble-t-il. Tout ce que je sais à propos du capitaine Jim, c'est qu'il a traversé la France, clandestinement. Puis il est passé en Espagne. Il devait regagner l'Angleterre par bateau en partant de Gibraltar… Tu me suis ? Il était convenu qu'une fois à Londres, pour nous annoncer que tout allait bien, Jim aurait fait passer un message en code à la BBC. La phrase était : *Il n'y a pas de Pyrénées pour les grands oiseaux*… Mais ce message ne semble pas avoir été diffusé… Et toi, Guy, tu vas bien ? Tu as encore grandi, dirait-on.

— Ça va, je vis à Spa chez ma vieille tante.

— Tu vas entrer dans une troupe scoute, maintenant ?

— Peut-être… Mais j'aime mieux les louveteaux. Tu me manques, Akéla !

— Toi aussi, mon grand.

— J'aimerais revoir la vallée de l'Amblève avec toi. Et puis, je dois récupérer la veste d'aviateur, cachée dans la forêt. Tu te souviens ? »

Mes deux anciennes cheftaines devaient reprendre le train.

Akéla m'embrassa encore. Elle passa la main dans ma tignasse.

« Tu devrais aller chez le coiffeur, te faire couper les cheveux comme moi.

— Dis, Akéla…

— Quoi, mon petit ?

— Maintenant que les Allemands sont partis, est-ce que je peux raconter l'histoire des Américains ? Ou est-ce toujours un secret entre toi et moi ?

— Attends que les Allemands soient un peu plus loin. On ne sait jamais… S'ils revenaient ?

— OK. Akéla… Bye-bye.

— Bye-bye. »

Les jeunes filles s'éloignèrent par l'avenue Reine-Astrid. J'entendis des sifflements sur leur passage.

Je remontai à vélo. Il me sembla que la lumière était différente. On commençait à y déceler la mélancolie de l'automne.

32

Le secret de Guy Moutier (fin)

C'est le samedi 21 octobre 1944, vers 7 heures du matin, que la première bombe volante passa au-dessus de Spa en direction de Liège.

Le samedi 16 décembre, nous entendîmes très distinctement des tirs de canon venus de l'est.

Dimanche, des rumeurs inquiétantes commencèrent à circuler dans Spa. Pour les plus optimistes, il s'agissait d'une attaque allemande de petite envergure.

Des avions survolèrent la région toute la nuit, lâchant des parachutistes allemands dans les fagnes.

Le lundi 18 décembre, à 14 heures, l'état-major américain avait quitté Spa.

La peur gagna les habitants.

Je me souviens… L'instituteur nous mit en garde : « Il y a des Allemands qui se déguisent en soldats américains. Ils roulent dans des jeeps volées, mâchent du chewing-gum et font semblant d'être gentils. » On en parla dans la cour de récréation. Un grand nous dit que le meilleur moyen de démasquer un faux Américain, c'était de lui demander d'épeler *Hey Ba Be Re Bop*, le titre d'une chanson de Lionel Hampton.

Je me souviens aussi des explosions de batteries d'artillerie lourde installées dans les hautes fagnes et tirant sur La Gleize et Stavelot, dans la vallée de l'Amblève.

Ce que nous ignorions, à Spa, c'est que des renforts formidables montaient, la nuit, vers le front, dans l'obscurité la plus complète : tanks, canons, infanterie motorisée, ravitaillements de toutes sortes.

Mon père me raconta plus tard qu'à Liège, il avait vu un régiment canadien marchant au son des cornemuses, sur le boulevard d'Avroy. « Ils s'en allaient, à pied, vers l'Ardenne ! me dit-il. J'étais honteux de rester planqué dans mon magasin de cycles, de ne pas me battre pour la Belgique aux côtés de ces jeunes soldats étrangers. »

L'avant-garde S.S. était commandée par le jeune *Obersturmbannführer* Jochen Peiper, très bien vu de Hitler et de Himmler pour son comportement sur le front de l'Est.

Elle avait pour mission de passer la Meuse au plus vite, entre Huy et Liège, et d'établir une solide tête de pont sur la rive gauche du fleuve. Et, sans s'inquiéter de ses flancs, Peiper devait marcher sur Anvers, avec tout le 1er corps blindé S.S.

Des chars monstrueux, appelés Panthères et Tigres royaux, réputés invincibles, formaient la colonne emmenée par Jochen Peiper. Ces mastodontes, marqués de la croix noire, progressaient dans la vallée de l'Amblève. Ce serait le grand affrontement entre les croix noires du Reich et les étoiles blanches de l'Amérique.

Les S.S. ne doutaient de rien. Hitler leur avait donné lui-même cette consigne : « Soyez sans vergogne et sans pitié. Une vague d'épouvante doit précéder l'offensive. »

Akéla m'avait dit un jour : « En mai 1940, les Allemands sont entrés en Belgique comme des gangsters dans une bijouterie… »

À présent, en décembre 1944, la réussite de l'offensive était la dernière chance de survie pour les nazis. Ces jeunes S.S., fanatisés à l'extrême, étaient des tueurs fous.

J'ai appris plus tard le déroulement de ces journées terribles.

Dans la soirée du dimanche 17 décembre, Peiper arrive devant Stavelot, sur l'Amblève. Pourquoi le vieux pont de pierre n'a-t-il pas été dynamité par les Américains, alors que le dispositif était prêt ? Un cafouillage, une erreur de commandement ?

Peiper est méfiant. Un « boulevard » s'ouvre devant ses blindés. N'est-ce pas un piège ? Il décide de bivouaquer aux portes de Stavelot. Pour certains historiens, si les chars allemands avaient poursuivi, sans surseoir, leur course en avant, le sort des armes aurait pu être différent.

Le lundi 18, au petit matin, la colonne interminable de chars franchit le pont et traverse Stavelot.

Elle longe l'Amblève, sur la rive droite. Il s'agit d'atteindre Trois-Ponts au plus vite, et, là, de passer sur l'autre rive, afin de foncer vers Werbomont et la Meuse…

Et puis Anvers…

La pointe de la colonne S.S. atteint Trois-Ponts à 11 heures. Trop tard ! Le génie américain vient de faire sauter les ponts. Bien joué. Car, à ce moment-là, aucune force américaine n'est en place pour arrêter les Allemands sur la route vers la Meuse.

À 14 h 30, un *Piper Cub* américain aperçoit la pointe de la colonne des blindés allemands du côté de Cheneux. Le convoi de Peiper s'échelonne alors sur vingt kilomètres. Il éprouve mille difficultés à serrer les rangs.

Les Thunderbolt américains décollent. Le temps est clair, mais le ciel est couvert. Il s'agit de paralyser la colonne en frappant sa tête.

Ce jour-là, j'ai assisté au « grand cirque ». Avec un copain, j'ai grimpé à vélo jusqu'à Creppe, pour voir ça.

Dans le fond du village, une plaine…

Je me suis assis, à côté de mon copain. Comme au cinéma…

Les Thunderbolt, revenant de la vallée de l'Amblève, sautaient par-dessus la ligne faîtière des fagnes. Ils viraient au-dessus de nous, repartaient vers les fagnes… Pour piquer encore sur la colonne de tanks allemands.

Je songeai à cette buse, ce rapace que nous apercevions dans le domaine de Froide Cour. Le manège des bombardiers américains me remémorait son vol en rase mottes, à la poursuite d'une proie.

Il est 15 heures trente, ce lundi 18 décembre.

Les Tigres royaux ont été durement touchés par l'attaque des Thunderbolt.

Et surtout, le raid des aviateurs a permis de gagner une heure.

Pour Peiper, il reste une issue. Le pont de Neufmoulin, sur la Lienne, seul capable de porter des tanks lourds, est-il toujours debout ? Il faut à tout prix passer sur la rive gauche.

En toute hâte, une poignée de soldats du génie américain ont préparé sa destruction, pendant l'attaque aérienne.

Le pont sur la Lienne saute au moment où le premier obus tiré par un char ennemi éclate contre le pignon d'une maison. Selon des témoins, « les deux explosions n'en firent qu'une. »

Alors les S.S., enfermés dans cette vallée profonde, se vengent.

Le lendemain, mardi 19 décembre, ils se livrent à des massacres dans des hameaux : Ster, Renardmont, Parfondruy. Ils tuent des femmes, des enfants, des nouveau-nés. Ils incendient des fermes. Ils appliquent à la lettre la consigne du Führer.

Il reste un pont sur l'Amblève.

Mais il est frêle, dérisoire.

C'est le pont champêtre qui mène au Petit-Spay, le château-colonie.

Un Tigre royal s'y aventure néanmoins… Sous son poids, le pont s'effondre.

Peiper doit se résoudre à emprunter la route de l'Amblève et à marcher vers La Gleize.

Dans la nuit du mercredi 20 décembre, les Américains font sauter le pont de Stavelot.

Peiper est décidément pris au piège dans la vallée de l'Amblève. Le carburant manque pour alimenter ses tanks.

Au nord, les Américains tiennent solidement les petites routes qui montent vers les Hautes Fagnes.

Parvenus dans le village de Cour, des blindés S.S. se heurtent à une unité américaine, qui a pris ses quartiers à Bérinzenne, et qui défend un énorme dépôt de carburant, installé au sommet de la crête, sur la Grande Vecquée.

Jochen Peiper ne sait pas que la solution à sa pénurie de carburant se trouve à quelques centaines de mètres.

La neige tombe à gros flocons. Elle s'installe pour longtemps. À Cheneux, les Allemands et les Américains s'affrontent au corps-à-corps.

Il faudra attendre la fonte des neiges pour retirer les cadavres des soldats.

À Bastogne, carrefour routier situé plus au sud, la bataille fait rage. Depuis la nuit du 21 au 22 décembre, les Allemands encerclent complètement la ville, défendue par 18 000 Américains.

À La Gleize, à l'aube du 24 décembre, Jochen Peiper saborde ses tanks. Huit cents S.S. s'esquivent à pied, traversent l'eau glacée des rivières – on ne sait trop comment – et rejoignent les lignes allemandes.

Le 26 décembre, une colonne de la IIIe armée de Patton parvient à briser l'encerclement de Bastogne.

Ils avaient bien combattu, les G.I's ! Ils avaient tenu bon.

Quand on me raconta ces événements, je rendis grâce à ma chère rivière ardennaise, l'Amblève.

N'était-ce pas elle aussi qui avait gagné la bataille de La Gleize ? Son eau vive, peu profonde, avait arrêté les Tigres royaux. En échafaudant sa stratégie dans les Ardennes, le Führer n'avait pas tenu compte de cette petite rivière au cours sinueux, aux couleurs changeantes.

En février 1945, après que les Alliés eurent définitivement repoussé l'offensive von Rundstedt, mes parents vinrent me rechercher à Spa.

Je n'oublierai jamais l'instant où, sortant de la villa de ma grand-tante, maman posa sur moi un regard désespéré. Elle me serra entre ses bras. Ce qui ne lui ressemblait guère.

Elle m'annonça, avec douceur, tendresse et gravité, la mort d'Akéla.

Mademoiselle Jeanne Rivière avait épousé, à l'automne, un monsieur dont j'ignorais le nom. Un certain Eugène Février. Un magistrat.

Elle venait de mourir, en mettant au monde leur bébé.

Bagheera me rendit visite à Liège. La mort de sa meilleure amie l'avait anéantie.

«Je ne vis plus, me dit-elle, puisque Jeanne n'existe plus.»

Elle me montra une photo du mariage d'Akéla. C'était dans la collégiale Saint-Barthélemy. La jeune femme portait un manteau blanc.

Le jeune homme, déjà à moitié chauve, qui se tournait vers elle, avec un sourire tendre et timide, me plut tout de suite.

Mais je l'avais déjà vu, cet homme.

C'était le mystérieux conducteur de la Citroën, celui qui avait emmené, à l'aube, les deux aviateurs américains tombés dans la fagne.

Je n'ai guère aimé mes années d'adolescence. Et si j'ai choisi le métier de professeur, c'est peut-être pour aider mes élèves à passer, sans trop de mal, ce cap des tempêtes.

J'avais seize ans quand je me résolus à revenir à vélo dans la vallée de l'Amblève.

Je repris la route enchantée d'avril 1944, celle que j'avais suivie, les bras serrés autour de la taille d'Akéla… Cette route qui allait devenir, quelques mois plus tard, le théâtre de tueries atroces. Du haut de leurs tanks, des hommes en uniforme noir avaient criblé de balles les habitations. La mort s'était infiltrée par une porte entrebâillée, par l'encoignure d'une fenêtre. Elle avait fauché une femme s'enfuyant dans son jardinet.

Aujourd'hui, des plaques commémoratives, couvertes des noms de victimes, jalonnaient cette route.

Le château du Petit-Spay n'était plus que ruines calcinées.

Le Père blanc que j'avais vu en grande discussion avec Akéla avait été abattu par les S.S., près du petit pont. Son corps, jeté dans l'Amblève, fut retrouvé, quelques semaines après l'offensive, dans un méandre de la rivière, du côté de la cascade de Coo.

Ce prêtre appartenait à la Résistance.

Je suis monté jusqu'à Froide Cour. Je savais que les combats avaient épargné le château. Les Allemands avaient enfermé dans ses tours une centaine de G.I's faits prisonniers. J'ai pénétré dans le domaine. Je me suis présenté à la ferme. Un jeune couple avait repris l'exploitation. J'ai longé la lisière de la forêt. Avec perplexité. Car je ne retrouvais plus l'entrée du petit sentier. Celui que j'avais dévalé après ma rencontre avec les aviateurs.

Celui que j'avais remonté, le cœur battant, avec la belle Akéla de mes onze ans.

Les bûcherons avaient renoncé à entretenir ce sentier. La forêt en avait repris possession. Je ne retrouverais jamais les blousons des aviateurs.

Au début de ce mois de septembre 1976, je suis revenu à Liège. Je n'aime pas trop ces reprises de contact avec ma ville natale. Car on est en train de la saccager. Les décisions stupides de l'urbanisme finiront par abîmer Liège plus gravement que les V1 d'Adolf Hitler.

À chacun de mes retours, je constate un nouveau désastre, un nouveau saccage, commis quand j'avais le dos tourné. Un vieux quartier rasé, ou coupé en deux par une autoroute.

Mais cette fois, j'ai un rendez-vous sympathique.

Je prépare une excursion à Liège avec mes élèves et j'ai trouvé un lieu insolite à leur montrer : la tour de la cathédrale.

Son carillon, qui se taisait depuis trente ans, vient d'être restauré. La cathédrale pourra de nouveau chanter.

Ce matin, la grande nef est une fête de lumière. Le soleil brille sur Liège et les vitraux de l'église l'accueillent généreusement.

Au fond de la nef, une petite porte en chêne. Un homme m'y attend. C'est le carillonneur de Saint-Paul. Il tourne une clé dans la serrure. Nous entamons l'escalade d'un escalier en colimaçon, interminable comme tous ces escaliers-là. Je m'arrête à hauteur d'une meurtrière, qui offre un coup d'œil inattendu sur le parterre fleuri de la place et sur le Vinâve d'Île, où se dresse la statue de la Vierge de Delcour.

« Vous me suivez toujours ? » demande le carillonneur.

Trois cents marches à gravir. Cent cinquante en pierre, suivies de cent cinquante en bois. Car nous entrons dans l'âge du bois. Ces charpentes des XIIIe et XIVe siècles sont presque intactes. Elles dégagent une bonne odeur de grenier.

Je gravis les marches du monument de Liège le plus exposé aux regards et en même temps le plus mystérieux, le moins visité.

Des cloches géantes dorment là-haut, encadrées par les charpentes. Elles attendent leur heure. L'une d'elles, née en 1315, sonne l'Angélus, jour après jour…

Le carillonneur me présente Paula, le bourdon de plus de quatre tonnes. Paula donne le do. Parmi les six cloches de volée, elle est la seule rattachée au carillon.

Les cinquante cloches du carillon, petites et grandes, sont regroupées tout là-haut. Dans la pointe du campanile.

En passant, le carillonneur me montre « la maison du sonneur ».

Le sonneur de Saint-Paul, le Quasimodo de la cathédrale de Liège, habitait ce cagibi. Il était chargé aussi de veiller au bon fonctionnement de l'horloge qui remplaçait le cadran solaire. Il la remontait deux fois par jour.

L'heure n'était pas une matière bien rigoureuse. Ce l'est devenu avec l'apparition des trains. Le sonneur réglait les aiguilles un peu au pif, selon la lumière du jour, la longueur des ombres.

Là-haut, les températures sont extrêmes. S'il fait froid dans l'église, il fait glacial dans le clocher. S'il fait chaud en bas, il fait torride au sommet.

Enfin, le musicien s'installe à son instrument. Chaque touche est reliée à l'une des cinquante cloches. « Le son grave de Paula, la grosse cloche d'en bas, je ne l'entends même pas d'ici », me dit le carillonneur.

Il joue avec vigueur. Ses poings sont fermés, comme ceux d'un boxeur. Et ces coups de poing-là produisent des sons si légers, qui dégringolent avec grâce vers les badauds de l'île de Liège.

Il me dit : « De la cave au grenier, de la crypte au clocher, la cathédrale Saint-Paul est un lieu plein d'émotion. »

Un lieu si ancien qu'il échappe à l'emprise du temps.

Nous allions redescendre sur terre quand le carillonneur a ajouté :

« Pendant la guerre, la cathédrale a été une excellente cachette, grâce à ses mille recoins. Savez-vous que des aviateurs alliés ont été cachés ici ? Ils ne restaient jamais là-haut que quelques jours, entre deux autres planques.

— C'est vrai ? Racontez… »

Je me rassieds.

« Les histoires de guerre me passionnent. Et j'ai connu un aviateur américain, quand j'avais onze ans. Oh oui ! Racontez-moi cela…

— Deux hommes avaient organisé cette planque et s'occupaient de nourrir les aviateurs. Il y avait d'abord le suisse de la cathédrale… Vous savez, le sacristain, ce monsieur à grosses moustaches, style Vercingétorix. Vous l'avez connu ? Il fronçait les sourcils pour effaroucher les enfants trop bavards. Et, lors des grands-messes, il faisait résonner sa hallebarde sur le dallage de la cathédrale. Il avait des bas de soie, un tricorne…

— À quel endroit exactement les aviateurs étaient-ils cachés ?

— Dans la maison du sonneur, dont je vous ai montré la porte en montant. Le suisse de la cathédrale avait installé là-haut un piège à pigeons. Quand il se rendait auprès des aviateurs, il réglait son compte à l'un ou l'autre volatile, pas trop vieux, pas trop coriace. De quoi améliorer son ordinaire.

— Vous me parliez d'un deuxième homme…

— Oui. Le comparse du sacristain était Alvin Armor. Un horloger d'origine américaine. C'est toute une histoire.

— Allez-y. Vous avez le temps ?

— Bien sûr. »

Alors, au sommet de cette tour, dans ce lieu secret, le carillonneur me raconta l'histoire d'Alvin Armor.

« Il était originaire du Massachusetts. Il est venu faire la guerre en Belgique en 1917. Blessé, il a été soigné par une infirmière hollandaise, appelée Joséphine. Alvin est tombé amoureux d'elle. Après l'Armistice, il s'est rendu au port d'Anvers pour rendre son barda à l'armée américaine. Il a épousé Joséphine et s'est établi à Liège comme horloger. Un homme tranquille, dans une petite rue tranquille, donnant sur la place Saint-Christophe. Alvin était un as. Il se passionnait pour les vieilles horloges. Il en étudiait le mécanisme. Alors, il est devenu le gardien, le "soigneur" attitré de l'horloge de la cathédrale et de celle qui surmonte notre Palais de Justice. Alvin Armor est décédé dans les années cinquante. Et ce qui est très émouvant, c'est que l'horloge du Palais, après avoir fini sa course, n'a plus voulu bouger. Pendant des mois, les deux aiguilles sont restées figées. Et personne n'était à même de leur rendre vie. Il a fallu trouver, à l'étranger, un autre horloger de génie, qui a pu comprendre ce mécanisme très ancien et remettre en marche l'horloge géante du Palais.

— Quel était le rôle d'Alvin Armor dans la filière d'évasion ?

— Intermédiaire… Traducteur. Bien qu'il eût perdu un peu de son anglais. Il ne le pratiquait plus depuis 1918. Monsieur Moutier, désirez-vous jeter un coup d'œil sur la cachette des aviateurs ? Elle est à la hauteur de la 250e marche… »

Le carillonneur de Saint-Paul se munit d'une puissante lampe de poche.

Nous redescendons l'escalier mystérieux.

Au niveau de la 250e marche, l'homme pousse une petite porte. Le faisceau de sa lampe explore les ténèbres de la maison du sonneur. Et je distingue une constellation de signatures, une série de noms gravés sur les vieux murs…

Gins – Sullivan – Roy - Eldrige – Mackenzie - Henson – Cooper- Anderson

Et puis…
Jim Brady 1944

Stavelot, 28 novembre 1976

J'ouvre à nouveau ce cahier, après l'avoir délaissé quelque temps.

Mes souvenirs de la guerre me poursuivent. Comment mettre le point final à ce récit ?

Je viens de faire une balade en fagne, avec mes élèves. Un de mes collègues, un jeune prêtre, nous accompagnait. Mon ami Georges Duflot en sait long sur la faune et la flore des Ardennes.

Nous avons eu la chance d'assister à la tombée des premiers flocons de neige.

J'avais choisi de conduire mes « zèbres » jusqu'au Monument canadien, près du domaine de Bérinzenne. C'est une grande aile en pierre, érigée en pleine fagne, à la mémoire des membres d'équipage d'un bombardier Lancaster, abattu en 1944.

J'ai enlevé la neige qui commençait à recouvrir la stèle. Il est écrit que le Lancaster s'écrasa ici le jour de la Saint-Georges, le 23 avril 1944, à 1h20 du matin. Sept hommes, quatre Anglais et trois Canadiens, furent tués sur le coup.

Deux semaines plus tôt, le Lightning d'observation de Jim et Amos était tombé dans le même secteur. Mais je n'ai jamais pu situer son point d'impact.

Le cratère creusé par l'explosion du bombardier de la R.A.F. s'est changé peu à peu en une mare. Les animaux des fagnes viennent s'y abreuver. Longtemps après le crash, on trouvait encore de petits morceaux de zinc éparpillés tout autour.

Cette neige imprévue devenait abondante. Nous nous mîmes à couvert, dans un bois de pins.

Soudain il nous sembla percevoir un cri interpellant.

« Ce sont des grues », nous dit Georges Duflot.

L' « abbé botté » (je l'avais ainsi surnommé) emmena le groupe vers la lisière du bois. Il espérait nous montrer cet enchantement : le passage des grues.

Elles étaient là. Elles volaient en V. Je songeai à Jim. Je voyais des cousines lointaines de ces grues du Canada que le jeune homme aimait observer dans le Nebraska.

Nous étions silencieux, unis dans la même émotion.

Les grues semblaient se réorienter vers l'ouest. Étaient-elles perturbées par cette première neige ?

« Je suppose qu'elles vont passer la nuit dans les fagnes, non loin de l'aérodrome de Malchamps », nous dit Georges Duflot.

Le lendemain, chez moi, le soleil brille. Il éclaire le froid. Un cri familier... Je vois passer à très basse altitude un groupe de grues. Elles survolent en majesté l'Amblève, puis notre jardin... Je me précipite dehors.

Je peux apercevoir les couleurs du plumage, estimer l'envergure des oiseaux. Je les regarde presque dans les yeux. Puis les grues s'éloignent, bientôt rejointes par d'autres groupes. À ce moment, il me semble qu'une désorganisation générale s'empare de leurs « escadrilles ».

Non. Il s'agit simplement pour elles de saisir un courant ascendant et de s'élever, comme dans un ascenseur.

Cela dure plusieurs minutes.

Les silhouettes s'amenuisent. Petites signatures en mouvement. Notes sur une partition de lumière… Elles reprennent leur course vers le sud. Deux oiseaux restent pourtant à la traîne et visent le nord.... avant de filer à tire d'ailes rejoindre le V majestueux, qui disparaît dans la lumière dorée de cette journée d'automne.

Dès que le temps le permettra, je retournerai dans les hautes fagnes avec mes élèves. Et nous ferons un jeu. Je lâcherai mes limiers dans la forêt qui borde le château de Froide Cour.

Ce sont des enfants du pays. Futés, fouineurs, agiles. Ils sauront pénétrer au cœur des broussailles. Peut-être découvriront-ils – rongée par la vermine – la veste noire d'un pilote de guerre, sous une grosse pierre posée là trente-deux ans plus tôt ?

33

Suite française

Dès que mon amie Jeanne revint d'Italie, je lui remis une copie du cahier de Guy Moutier.

Elle se montra enthousiaste. Les souvenirs d'enfance du professeur de latin et grec décédé l'an dernier nourrissaient notre enquête, rendaient vivantes et très proches, à nos yeux, les ombres dont nous cherchions à connaître le destin. Jeanne, la belle cheftaine, impliquée dans la Résistance, et Jim, ce jeune homme du Nebraska, amateur d'oiseaux, tombé dans les brouillards des Hautes Fagnes…

Guy Moutier, nous ne le connaîtrions jamais que par ces quelques pages, écrites dans un cahier d'écolier. Mais il devint notre ami. Il nous avait transmis un peu de sa fascination de gamin pour la grâce juvénile d'Akéla, pour le timbre de sa voix, toute de tendresse, la profondeur de son regard vert.

Je dis à Jeanne :

« En lisant le cahier, j'ai donné tes traits au personnage d'Akéla. C'est mon droit d'imaginer les personnages à ma guise… »

Elle rougit.

Désormais, nous pouvions retracer à peu près le chemin de Jim et Amos en Belgique : la ferme de

Froide Cour, le château de Waroux, une maison proche du Jardin botanique, la tour de la cathédrale, le grenier de la maison d'Eugène… Telles furent leurs planques successives – peut-être pas dans cet ordre-là.

Mais la fuite à travers la France, jusqu'à l'Espagne ? Nous n'en savions toujours rien.

Et la suite de l'histoire ? Au moment où nous perdions la trace de Jim, la guerre était à son point culminant. L'aviateur avait-il trouvé la mort ? *Missing in action ?*

Il nous restait un témoin à interroger. Le témoin capital. *Bagheera.*

Car nous supposions que cette cheftaine à l'accent français, dont Guy Moutier ne donnait jamais le prénom, n'était autre que Denise de Saint-Élix, la vieille dame triste, aujourd'hui retirée dans le Sud-Ouest.

Elle ne m'avait plus écrit.

Denise, comme son amie Jeanne, était une résistante. Elle avait secouru le capitaine Brady, devenu, en quelque sorte, son frère d'armes. Elle avait eu le cœur battant quand elle le conduisait dans la nef de la cathédrale, jusqu'à cette petite porte discrète, qui menait au clocher.

Pourquoi ce silence épistolaire ? Lui était-il arrivé quelque malheur ? Depuis mon appel aux lecteurs de *La Dépêche*, en février, quelques-uns de mes témoins étaient décédés.

Jeanne me dit :

« Il faut lui téléphoner. J'ai trouvé son numéro sur Internet. Elle vit à Saramon, dans le Gers. »

J'entraînai mon amie à la rédaction de *La Dépêche.*

Et là, quel choc ! Plus aucun meuble dans la salle, qui nous parut, du coup, beaucoup plus grande. Les bureaux, les armoires métalliques et ce mobilier du troisième type, ces gros ordinateurs, avaient été évacués.

J'aperçus Boris, qui sortait de l'ancienne petite salle des télex, celle où nous avions débuté, tous les deux, en 1962.

Le capitaine du bateau en perdition vint vers nous.

Il me dit :

« Salut, gamin. »

Et, se tournant vers Jeanne :

« Bonjour, mademoiselle. »

Boris, à présent, se laissait pousser la barbe.

Je lui dis :

« Tu devrais la teindre en bleu. Comme cela, tu ferais peur à ton conseil d'administration. »

Jeanne ne pouvait comprendre l'allusion à l'adolescent aux cheveux bleus, le mutin du collège Saint-Servais.

« Que va devenir ce bâtiment ?

— Personne ne le sait. Il va s'en aller à vau-l'eau. Un nouveau bateau fantôme dans Liège. La rédaction va s'installer au-dessus d'une banque, dans le centre-ville.

— Dis, Boris, je peux téléphoner ? Ce sera le dernier appel pour mon feuilleton-souvenir.

— Bien sûr. Je crois qu'il reste un appareil. À propos, en septembre prochain, c'est toi qui couvriras la commémoration de la Libération. O.K. ? »

Le dernier téléphone était posé par terre et son fil accroché au plafond.

La vie de *La Dépêche* ne tenait plus qu'à ce fil.

Nous nous assîmes sur des pages de journaux déployées par terre.

Jeanne composa le numéro. Elle me tendit l'appareil et prit un écouteur.

D'interminables sonneries.

La vieille dame était-elle morte ? Absente ? Avait-elle du mal à se mouvoir ?

C'était un appel un peu désespéré vers un lointain passé.

Et soudain :

« Allô ?

— Bonjour, madame. Excusez-moi de vous déranger. Je vous appelle de Liège. Je suis Ralph Demy. Vous savez, ce journaliste de *La Dépêche*. Vous avez bien voulu me raconter par lettres vos souvenirs de la guerre. Avez-vous vu la photo de cet aviateur américain, Jim Brady ?

— Je ne me souviens pas…

— J'insiste, pardonnez-moi. Je sais que vous étiez l'une des cheftaines… Oui, Bagheera… Vous étiez à ce camp de Pâques 1944 au cours duquel un louveteau a recueilli deux aviateurs dans la fagne.

— C'est vrai… Je me souviens de Jim. Si je ne vous ai plus écrit, c'est parce que le ruban de ma machine est cassé… Qui vous a demandé de retrouver le capitaine Brady ?

— Une jeune amie. Jeanne Février».

Un silence, à l'autre bout du fil.

Jeanne s'empare de l'appareil.

«Bonjour, madame, je suis Jeanne Février. L'arrière-petite-fille de Jeanne Rivière, d'Akéla, votre meilleure amie. Je voudrais savoir ce qu'est devenu Jim Brady. C'était la dernière volonté d'Eugène Février. J'étais très proche de mon arrière-grand-père !

— Ah non ! pas ça ! Mon Dieu, que voulez-vous que je dise ?»

La vieille dame a raccroché.

Jeanne est fâchée. Elle compose à nouveau le numéro.

Sonneries infinies. Le contact avec le passé est-il rompu ?

Et soudain, la voix tremblante :

«Mademoiselle Février ? C'est moi, Denise de Saint-Élix. Pardonnez-moi d'avoir raccroché. Mais je suis bouleversée. Voilà… Puisque c'est Eugène qui en a exprimé le souhait, je veux bien vous raconter notre histoire. Elle ne peut se comprendre que dans le contexte de la guerre. Et elle ne peut être transmise que de vive voix. Or, je ne me déplace plus. Je suis trop vieille.

— Cela ne fait rien, madame. Nous viendrons jusqu'à vous, si cela ne vous dérange pas. Début juillet, par exemple. Je serai en vacances. Oh oui ! J'insiste.

— Il y a plus de mille kilomètres entre Liège et Saramon.

— Je suppose que le journaliste de *La Dépêche* voudra bien m'y conduire. C'est un grand reporter. Il voyage tout le temps. »

Elle m'interroge du regard. Je n'ai pas mon agenda, mais il est impossible de résister à Jeanne Février…

Elle dit :

« Le 10 juillet ? »

Je fais oui de la tête.

« C'est entendu, madame. Nous viendrons à deux. Je vous rappellerai. Vous dites que vous pourrez nous héberger une nuit ou deux ? C'est splendide ! Mille mercis. »

Elle raccroche.

« Le tour est joué, mon petit Ralph. J'ai mis Bagheera dans ma poche… Mais c'est étrange… Elle a semblé complètement paniquée quand j'ai nommé Jim Brady et Eugène Février… »

34

10 juillet 2004

Nous avons roulé d'une traite. Paris, Toulouse… Et puis cap sur la Gascogne.

« La douceur de ces collines me rappelle la Toscane », dit Jeanne, au sortir d'un petit somme.

« Tu n'as pas eu trop problèmes avec ton père, pour partir ?

— Aucun. Mon père participe à un congrès médical en Guadeloupe. Il croit que je fais un stage d'équitation dans le Brabant wallon. Ça le botte, ça flatte son ego. Je lui envoie des messages : " Mon cheval est excellent. Je m'amuse bien… Il y a beaucoup de beaux mecs. T'en fais pas, je prends la pilule". »

Au moment du départ, Jeanne m'a fait un beau cadeau.

« Regarde ce vieux bouquin. Je l'ai trouvé dans la bibliothèque d'Eugène. Le titre m'a sauté aux yeux : *Spa et les Américains.* Ce sont les souvenirs d'un Spadois qui, en 1944 et 1945, a travaillé comme interprète pour l'armée américaine. Tu es content ?

— Tu parles ! Merci, Jeanne. »

J'ai feuilleté l'ouvrage. Et très vite, je suis tombé sur une liste des journalistes présents à Spa en 1944. J'y ai trouvé le nom du grand Robert Capa, envoyé spécial de *Life Magazine*… Le photographe du Débarquement.

Et, tout de suite après lui : Ralph Curtis, de l'agence *Associated Press.*

Je n'en croyais pas mes yeux. J'éprouvais autant de joie, sans doute, que Guy Moutier découvrant le nom de Jim Brady parmi les « graffiti américains », dans la tour de la cathédrale de Liège.

Nous suivons à présent de paisibles routes vallonnées, où se découvrent d'immenses champs de tournesols, d'un jaune éblouissant, triomphant, dans la gloire de juillet.

Sur les champs de blé, la moisson bat son plein. Les coquelicots nous sourient au passage.

En fin d'après-midi, nous atteignons Saramon, un petit village au milieu de ces campagnes. Tout ce qu'il y a de plus classique en France : école de filles et, à quelques pas, école de garçons, monument aux morts, tennis municipal… Mais il fait bien trop chaud pour jouer.

Un village d'il y a cent ans.

Un village de Belle au bois dormant.

Denise de Saint-Élix habite sur les hauteurs de Saramon.

Cette terre est aussi vallonnée que celle des Ardennes. Mais le paysage est plus doux, plus féminin.

Voilà une grande maison carrée, aux volets blancs, isolée en retrait de la route. Comme un navire ancré un peu à l'écart.

Un chemin de terre mène à cette maison.

Nous débarquons de la voiture. Nos pas crissent sur un gravier couleur ocre. De petits lézards frétillants s'esquivent à notre approche.

Quelqu'un nous hèle. Nous contournons la maison. Une vieille dame, appuyée sur sa canne, nous regarde en souriant. Petites lunettes, chignon strict… Bagheera, soixante ans après !

« Vous avez fait bonne route ? Je suis si contente de vous voir. »

Jeanne l'embrasse.

Denise de Saint-Élix considère longuement la jeune fille.

« Vous ressemblez tellement à votre arrière-grand-mère. Vous avez les mêmes yeux verts, le même regard direct, merveilleusement limpide. Je suis très émue. »

Nous percevons des rires d'enfants.

« Ils construisent une cabane au milieu du bois de jeunes chênes. Ce sont les petits-enfants d'une amie. En cas de bobo, je les soigne. C'est ma spécialité.

— La Croix-Rouge…

— Oui. J'ai passé ma vie à soigner les gens. Je vous ai fait préparer un dîner. Vous me parlerez de cette bonne ville de Liège, que j'ai quittée depuis si longtemps. Et puis je répondrai à vos questions… »

Après le dîner, nous avons pris place sous une tonnelle, adossée à la maison.

La vieille charpente qui nous protège est chargée de glycine et de vigne vierge.

« C'est un endroit délicieux », dit la vieille dame.

Elle a allumé quelques bougies. Les tournesols flamboient dans le soleil couchant. La nuit arrive en douceur, de façon presque imperceptible.

Jeanne observe les tournesols.

« On dirait une armée de guerriers chinois. Ils sont tous tournés vers nous. Ils ont l'air de nous écouter.

— Que voulez-vous savoir, ma petite Jeanne ? »

Alors, je me suis levé. J'ai dit :

« Bon. Moi, je vais faire un petit tour dans le coin…

— Non ! Ralph. Reste avec nous, je t'en prie. »

Elle s'adresse à la vieille dame.

« Ralph est devenu mon meilleur ami, mon grand frère. Vous pouvez tout dire devant lui. »

Denise nous versa un verre de vin. Je distinguai dans le ciel la première étoile…

La jeune fille demanda, d'une voix douce :

« Savez-vous ce qu'est devenu Jim Brady ? Pourquoi n'a-t-il plus jamais donné de nouvelles à ceux qui l'avaient sauvé ? Est-il mort au combat ?

— J'ai décidé de tout vous dire. Mais, pour comprendre cette histoire, il faut remonter en arrière. Il faut que je vous parle de Jeanne et d'Eugène… Et aussi un peu de moi-même. »

« Mon père était un ingénieur des mines originaire d'Auch, le chef-lieu du Gers. Il existe d'ailleurs près d'ici une forêt appelée Saint-Élix. Engagé dans un charbonnage liégeois, il s'est lié d'amitié avec l'astronome Gustave Rivière, le père de Jeanne. Et moi, je me suis retrouvée dans la même classe que Jeanne, chez les dames bénédictines, boulevard d'Avroy. C'était une jeune fille ravissante. Le soleil de la classe. J'habitais Seraing. Elle résidait dans l'Observatoire de Cointe, ce grand bâtiment, crénelé, avec ses coupoles, qui rappelle tellement un album de Tintin. J'aimais l'explorer, guidée par Jeanne. Il faisait toujours froid dans les tours et sous les coupoles. Son père fermait le chauffage là-haut pour éviter que les vitres du télescope ne se couvrent de buée. Il s'était aménagé une sorte de lit pour observer le ciel tout à son aise. Oui, un homme complètement dans la lune ! Un grand savant.

Jeanne et moi discutions sans fin. C'étaient des heures bénies. »

« Avant la guerre, Jeanne est venue en vacances ici, dans notre maison de Saramon.

Eh oui ! Nous avons prolongé nos conversations d'adolescentes sous cette tonnelle. Nous y avons regardé, bien à l'abri, les magnifiques orages des nuits d'été.

Jeanne aimait les orages. L'instant fulgurant qui sépare l'éclair de la détonation.

C'est ici que, une nuit de l'été 1939, elle m'avait lancé : "Je ne demande qu'une chose, c'est de ne pas m'ennuyer dans la vie."

Elle allait être servie par les événements…

Et l'amour ?

Elle avait ri.

"Être amoureuse… Je serais quand même curieuse de savoir quelle impression cela fait."

Être aimée… Elle en avait l'habitude. Tout le monde l'aimait. Et les copains de son frère aîné qui passaient à l'Observatoire s'enflammaient tous pour cette jolie brune aux yeux verts.

Parmi ses admirateurs, il y avait Eugène Février. Celui-ci était plus âgé. Il avait déjà fait son droit. C'est par la Résistance que nous l'avons connu… Dites, vous n'avez pas un peu froid ? »

Nous ne parlions plus.

On entendait les premiers soupirs et frôlements de la vie nocturne dans le jardin.

Et puis Denise nous dit :

« Les soirs sont tellement calmes et doux à Saramon ! Mais bientôt, les grenouilles vont reprendre leurs archets pour un petit concert de nuit. Vous devez être bien fatigués, tous les deux. Si nous reprenions cette conversation demain ?

— Oh non ! Denise, je vous en prie, continuez…

— On n'y voit presque plus rien. Il faudrait ajouter des chandelles. »

Jeanne bondit.

« Je vais les chercher. Où sont-elles ?

— Sur la cheminée de la cuisine. Monsieur Demy, désirez-vous un whisky ?

— Plutôt du vin.

— Je l'apporte ! »

« Comme je suis heureuse de rencontrer cette petite Jeanne ! Je la trouve adorable. Au fait, quel âge a-t-elle ?

— Dix-sept ans depuis hier. »

— A-t-elle un petit ami ?

— Mystère… Elle ne m'en a jamais rien dit. »

35

Eugène et Jim

Jeanne nous a rejoints.

« Où en étions-nous ?

— Vous parliez d'Eugène Février.

— C'était un garçon affable, discret et plein de retenue avec les jeunes filles. Un homme extrêmement fin et cultivé. Mais modeste. Et, à trente ans, il était déjà sérieusement chauve. Il se confiait à moi. Il m'avait avoué, un jour : "Je ne fais rien avec aisance. Chaque action me coûte. Chaque journée est une bataille à gagner contre moi-même… "

Eugène aimait Jeanne, en secret. Et cela ne faisait pas mes affaires.

Je m'entendais si bien avec cet homme-là. Nous avions le même humour. J'adorais converser avec lui.

Je me serais fort bien vue en " Madame Eugène Février ". On envisagerait cela après la guerre. Pour l'heure, il était impossible de faire des projets d'avenir.

Cet homme si peu sûr de lui allait se lancer dans la Résistance avec toute la bravoure du monde. Il ne supportait pas l'occupation allemande, il abominait l'idéologie nazie. Jeanne s'est portée volontaire pour entrer dans son réseau clandestin. Eugène a tout fait pour l'en dissuader. Il lui disait : "Il faut que tu saches, Jeanne, que, en cas d'arrestation, tu seras torturée, et que tu livreras peut-être le nom de tes camarades."

"Pour qui me prends-tu, Eugène ?" répondait Jeanne.

À vingt ans, on rêve toujours un peu de vivre une grande aventure. Aujourd'hui, pour assouvir son goût du risque, un jeune doit aller à l'autre bout du monde. Pendant la guerre, il suffisait de franchir le seuil de sa maison. La grande aventure était au coin de la rue. Jeanne et moi l'avons vécue dans la Résistance. D'autres jeunes choisissaient le camp adverse et s'engageaient pour le front russe.

— Quel était son nom de guerre ?

— Jeanne se faisait appeler Espérance.

— Et le vôtre ?

— Bagheera... Je ne m'étais pas foulée.

— Nous vous remettrons demain la copie d'un récit écrit par Guy Moutier. Son témoignage sur ce fameux camp de louveteaux.

— Ah oui ! Guy était un charmant petit garçon. Je me souviens très bien de lui. Lors de ce camp, il a fait preuve d'un remarquable sang-froid. »

« Un jour, peu avant Noël 1943, Eugène nous a dit, à toutes les deux :

"Vous allez voir des aviateurs américains..."

Nous avons sauté de joie. C'était le plus beau des cadeaux de Noël. Dès le mois de février 1944, j'ai été chargée d'accompagner à Paris deux Américains. Nous appartenions au réseau Comète.

— Pourquoi tant de femmes dans ce réseau ?

— Les nazis sous-estimaient les femmes. Ils n'imaginaient pas qu'une femme pût faire preuve d'héroïsme. En fait, ils sous-estimaient tout le monde, ces gens-là. Ils méprisaient tous ceux qui ne ressemblaient pas à des garçons blonds, athlétiques, impitoyables et bornés… Oh ! dites, je me sens bien lasse, tout à coup. Je vous ai fait préparer des lits. Nous reprendrons cette conversation demain.

— Si vous voulez. »

Denise nous a indiqué l'emplacement de nos chambres. « Je vous laisse y monter. J'aime tellement ces vieilles maisons. Elles ont une âme, une histoire. Et, si on les respecte, un avenir. Elles nous survivront. À demain. »

Le grand escalier de chêne craquait à chacun de nos pas.

Parvenue à la porte de sa chambre, Jeanne m'a dit :

« Dors bien, mon petit Ralph. Merci de m'avoir conduite à Saramon. »

Elle a ajouté, en baissant le ton :

« Je me demande pourquoi Denise nous a avoué qu'elle était amoureuse d'Eugène pendant la guerre. Et pourquoi a-t-elle soudain interrompu son récit ? On dirait que ce passé lui fait peur.

— Je suppose, Jeanne, qu'elle nous donnera demain la clé du mystère. »

Dans ma chambre, j'ai ouvert toutes grandes les fenêtres.

Le ciel de la Gascogne révélait un trésor infini.

Et ces étoiles scintillantes, par-delà les espaces et les temps, me reliaient au petit Guy Moutier et à sa belle Akéla si tôt disparue.

Le lendemain matin, j'ai emmené Jeanne au village. Nous avons acheté quelques croissants.

De retour à la maison, mauvaise surprise…

« Madame a eu une alerte cardiaque. Une ambulance l'a emmenée aux urgences de la clinique d'Auch », nous annonce la femme d'ouvrage.

La musique de son accent dédramatise un peu l'inquiétante nouvelle. Mais nous sommes sous le choc.

Je me suis promené avec Jeanne. Nous avons joué avec les enfants, leur racontant des histoires, les aidant à terminer cette cabane dans le bois de jeunes chênes.

Le temps est radieux. La nature déborde de générosité. Et cependant, nous ressentons une sourde angoisse… Reverrons-nous la vieille dame de Saramon ?

En fin d'après midi, la voix chantante nous rassure :

« C'était une fausse alerte. Madame a eu tout simplement une chute de tension. Je crois surtout qu'elle a été trop émue hier soir. Mais elle se sent beaucoup mieux. Elle dînera avec vous

— Où est-elle ?

— Au salon. Une amie vient de la ramener. »

Les volets du salon sont clos, pour faire obstacle à la chaleur de juillet. Denise se repose sur un divan, dans la pénombre.

« Jeanne… C'est vous ?

— Oui, chère Denise. Vous nous avez fait peur.

— Ouvrez donc un volet, ma petite Jeanne… Que l'on voie un peu votre joli visage. C'est vrai que, quand l'ambulance m'a emportée, ce matin, je n'étais pas certaine du tout de vous revoir sur cette terre. Je me disais : ça y est, le bon Dieu m'appelle au parloir ! Mais non. Ce sera pour une autre fois. J'ai l'impression qu'Il a oublié de me reprendre. Cela devient long ! »

Après le dîner, Denise nous entraîne à nouveau sous la tonnelle. Une petite brise rafraîchissante nous y accueille.

« À quel moment de l'histoire me suis-je arrêtée hier ?

— Vous parliez des aviateurs. Et du réseau Comète.

— Ma mission était de les conduire à Paris, en train. J'en prenais toujours deux, pour gagner du temps. Avant d'embarquer, j'achetais trois exemplaires de *Signal*, ce journal illustré allemand. Nous les ouvrions tout grands devant nous. Le voyage Liège-Paris était interminable. Dix heures, peut-être. J'entends encore le bruit de la porte du compartiment qui s'ouvrait. "Papiers !" Ce bruit me faisait frémir. Souvent, c'était la Milice française qui se chargeait des contrôles. Il fallait montrer une carte d'identité et un permis de travail. À Paris, un homme nous attendait sur le quai. C'était un Belge du réseau Comète, chargé de toute l'intendance, le chef d'orchestre de ce réseau d'évasion. À la gare du Nord, nous devions encore passer devant un poste de contrôle. Ces salopards avaient resserré ce poste, afin de filtrer les voyageurs, de les examiner un par un. »

« Venons-en au camp de Pâques 1944.

— Le camp de Froide Cour... Quel beau souvenir ! Là, ce sont les aviateurs américains qui sont venus à nous, en sautant en parachute dans la fagne de Malchamps. Jim et Amos... Deux gars épatants ! Eugène les a pris en charge. Nous les avons retrouvés à Liège. Ils allaient de cachette en cachette. Parfois nous les sortions de leur trou, pour les distraire un peu. Nous les avons emmenés au cinéma. On jouait au Forum *Le Baron de Münchhausen*. À la fin du film, Amos Neka était si enthousiaste qu'il a sifflé entre ses doigts… À l'américaine !... Nous lui avons bien entendu « coupé le sifflet ». Une autre fois, nous nous sommes promenées avec Jim dans le parc d'Avroy. Et là, il y a eu un autre gag. Je vous ai apporté une photo amusante… Regardez. »

À la lueur d'une chandelle, Denise nous montre la photo de deux filles et d'un garçon qui se tiennent par les épaules, en souriant. Je reconnais, à l'arrière-plan, le kiosque à musique.

« C'est Jim, entre Jeanne et moi. Figurez-vous que la photo a été prise par un soldat allemand. Nous aimions nous lancer des défis, des " chiche !" Jeanne m'avait dit : " Chiche que je demande à un soldat allemand de nous prendre en photo… "

L'image est floue. Elle est entachée d'un coup de jour.

36

La clé de Saramon

Denise poursuit son récit dans la nuit étoilée.

Mais sa voix change.

«On voit que mon amie est étroitement serrée contre Jim. Est-ce la photo du coup de foudre, du premier pas ? Parce que… Jeanne, désirez-vous que je raconte tout ?

— Je crois qu'Eugène souhaiterait aller jusqu'au bout.

— Votre arrière-grand-mère était tombée follement amoureuse de Jim Brady. Il suffisait de la regarder, quand elle le regardait. Son air ravi. Ses yeux brillants. Son enchantement. Ma meilleure amie vivait son premier grand amour.»

La vieille dame se tait.

« Et puis ?

— Bientôt, Jeanne et Jim n'ont plus cherché à cacher leur amour. Il éclatait devant nous, jeune et gai, et je me sentais devenir une intruse. Quand l'aviateur était caché dans la tour de la cathédrale, Jeanne montait l'y rejoindre. Nous partions ensemble. Je l'accompagnais jusqu'à la place Cathédrale. Elle me plantait là, avec un sourire éloquent… Et moi, songeuse, et un peu envieuse, je levais les yeux vers le clocher et j'imaginais la suite… Jeanne, folle de bonheur, escaladait le vieil escalier en pierre et puis celui en bois. Essoufflée, elle tombait dans les bras du jeune Américain… La porte de la maison du sonneur se refermait sur leurs premiers baisers... Je ne devrais pas vous dire tout cela.

— Vous devez tout me dire, ma chère Denise. Je vous en prie…

— J'avais repris espoir qu'Eugène, dépossédé de ses rêves, allait enfin s'apercevoir que j'existais à ses côtés. En fait, rien ne changea. Nous avons continué ce maudit scénario. J'aimais Eugène qui aimait Jeanne qui aimait Jim. »

« La Gestapo multipliait les arrestations dans le réseau Comète. En mai, les Allemands sont passés à l'Observatoire. Ils convoitaient la lunette méridienne. Ils s'imaginaient qu'elle les aiderait à repérer les avions anglais et américains. Bernique ! La lunette méridienne, Gustave Rivière l'avait démontée et confiée à mon père, qui l'avait cachée au fond d'une galerie de charbonnage. Amos Neka avait été pris en charge par un autre réseau. Jeanne me dit : "Cela se gâte. Il faut que Jim quitte Liège au plus vite. Je me charge de lui."

Alors, je lui ai remis la clé de notre maison familiale de Saramon. Je lui ai dit : "Tu connais bien l'endroit, tu connais des gens sûrs dans le village. Vous pourrez vous planquer là-bas, en cas de nécessité."

J'avais mon idée… En lançant Jeanne et Jim sur les chemins de Saramon, en leur ouvrant la porte de ce petit paradis, j'attisais leur amour. Je découragerais à jamais la passion inavouée d'Eugène pour Jeanne. Je garderais pour moi le jeune magistrat, qui me plaisait tellement. Je me donnais une chance de l'épouser un jour.

Ce plan allait se retourner contre moi. Il allait aboutir, en définitive, au résultat inverse.»

«Jeanne et Jim ont gagné Paris, puis Toulouse, en train. De cet angoissant voyage, je ne sais rien… Si, une seule chose… Jeanne m'a raconté, à son retour à Liège, qu'un passager du train n'arrêtait pas de regarder les chaussures de Jim. Étaient-elles de marque américaine ?

Elle m'a avoué en riant : "Pour avoir la paix, nous nous embrassions beaucoup…"

Jeanne et Jim sont arrivés dans le Gers à la fin du mois de mai. Un villageois ami de ma famille les a conduits jusqu'à notre maison dans une vieille charrette, tirée par un canasson, comme dans les histoires romantiques anglaises que nous aimions. C'est dans cette demeure isolée qu'ils se sont aimés.

— Pour eux, c'était comme une idylle de vacances…

— Non, non, ma petite Jeanne. Pour eux, c'était beaucoup plus que cela. Une passion. Un grand amour.

— Et puis ?

— Le 5 juin, Jim Brady a franchi les Pyrénées, avec l'aide d'un passeur. Il a pris le chemin qui part de l'autre côté de cette route, en face de la maison. Vous pourrez l'explorer demain. Le chemin passe entre d'immenses champs de tournesols et de maïs. Après quelques centaines de mètres, il n'est plus asphalté. Il se transforme en chemin de terre qui ne va nulle part… Mais si vous marchez encore un peu, vous apercevrez dans le lointain, par temps clair, les sommets enneigés des Pyrénées. C'est là que Jim et Jeanne se sont quittés. Jim n'a même pas pu emporter une photo de sa bien-aimée. C'était trop dangereux. Trop compromettant pour elle, s'il se faisait prendre. Le Débarquement a eu lieu le lendemain. »

Denise poursuit :

« Jeanne est revenue à Liège. Elle m'a rendu la clé de Saramon. Je me doutais de ce qui s'était passé. Un jour, elle m'a confié qu'elle attendait un bébé.

Où était Jim ? Il ne donnait aucune nouvelle. Jeanne guettait les “messages personnels” de Radio Londres. Elle attendait en vain le message codé : *Il n'y a pas de Pyrénées pour les grands oiseaux.* Elle ne pouvait parler à personne – à part Eugène et moi –

de sa liaison avec un aviateur américain. Cette histoire d'amour était un secret de la Résistance. »

« Les semaines passèrent. Et Jeanne se désespérait. Elle me disait : "Soit Jim est mort. Soit il ne m'aime plus. Deux bonnes raisons pour que j'en finisse avec la vie… ". C'était une femme passionnée, un cœur absolu.

Au début de l'automne, nous sommes allées à Spa, pour interroger les autorités américaines, qui n'avaient, bien entendu, aucune information à nous donner sur le capitaine Brady.

Le chagrin de mon amie me désolait.

C'est alors qu'Eugène Février, le jeune magistrat si sérieux, si profondément épris de Jeanne Rivière, lui proposa de l'épouser. Elle a dit oui. Un petit oui. La cérémonie a été très discrète.

La nuit de Noël 1944 à Liège a été la plus épouvantable de toutes, à cause des robots. À la fin de la messe de minuit, dans la chapelle de la Croix-Rouge, rue Darchis, il n'y avait plus personne pour chanter "Les Anges dans nos campagnes", toutes les équipes de secours ayant été appelées en mission.

Et puis, le 3 février 1945, Jeanne est morte d'une hémorragie, pendant l'accouchement. Elle avait dix-neuf ans. Je n'étais même pas auprès d'elle. Ce jour-là, j'essayais d'obtenir de la pénicilline dans un hôpital militaire américain. »

Les chandelles sur la table sont près de s'éteindre.

Je ne vois plus mon amie Jeanne. J'entends sa voix tremblante.

« Mon grand-père, Louis Février, était donc le fils de l'aviateur américain. Il ne lui ressemblait pas. Non plus qu'à sa maman, d'ailleurs. C'était un homme massif, au visage impassible. Une sorte de commissaire Maigret.

— Peut-être Louis avait-il hérité cette allure d'un ancêtre irlandais de Jim ? Je ne sais pas… Le tenancier d'un pub de Dublin… »

Un cri d'oiseau, dans la nuit… Une chouette ?

La jeune fille reprend :

« Et Jim… Qu'est-il devenu ?

— Je l'ai revu après la guerre. »

37

Des pas sur le gravier

« C'était à la fin du mois d'août 1945.

Je me trouvais ici même, sous cette tonnelle. Seule, comme toujours. J'avais quitté Liège définitivement. Je comptais mener des missions pour la Croix-Rouge, en Afrique. Saramon, la maison de ma famille, serait mon port d'attache. Je me dévouerais, faute d'avoir pu épouser Eugène Février.

Je lui avais dit adieu.

La guerre a brisé bien des amitiés de jeunesse. »

« La dernière fois que je l'ai vu, dans sa maison de Liège, je l'ai surpris en train de jouer avec son bébé – Louis, l'enfant de Jeanne. Ils m'ont semblé si heureux d'être ensemble. Eugène ne savait pas que je les observais. Cet homme si grave d'ordinaire faisait le fou pour son bébé. Et l'enfant éclatait de rire. Ils étaient tout à fait complices. »

«Je reviens à cette soirée d'août, à Saramon.

J'ai entendu des pas sur le gravier. J'ai d'abord pensé que c'était le jardinier. Il venait chaque soir, pour arroser les fleurs.

Mais la démarche était inhabituelle. Les pas, irréguliers. Une jambe traînait sur le gravier.

Aveuglée par le soleil déclinant, je ne l'ai pas reconnu tout de suite.

C'était Jim.

L'aviateur américain avait garé sa voiture à l'entrée de la propriété. Il me dit :

"Denise… C'est vous ?"

J'ai couru vers lui. Je l'ai embrassé.

Jim avait encore cette allure juvénile. Mais son regard s'était assombri. Il boitait.

Je lui ai pris le bras. Je l'ai entraîné sous la tonnelle. Il m'a dit :

"Je viens de traverser l'Espagne en voiture. Je voulais remercier les gens qui m'ont aidé pendant ma fuite. Je refais le chemin en sens inverse. Où est Jeanne ?

— Jeanne ? Mais elle n'est plus là…

— Elle est à Liège alors…

— Mais non, Jim… Il est arrivé un grave accident.

— Oh non ! Ce n'est pas possible. Je vais l'épouser… Elle n'est pas morte, quand même ?… La dernière fois, sur ce chemin qui va vers les montagnes, elle m'avait promis de m'attendre. Elle avait prévu de passer à Saramon le premier été de la paix. Je lui ai écrit à Liège. Elle n'a jamais répondu… Quoi ? Jeanne est morte ? »

« Alors, j'ai menti à Jim. Sur toute la ligne.

Je n'ai pas parlé du mariage avec Eugène, de la naissance du bébé… J'ai dit à Jim que Jeanne avait trouvé la mort dans une maison bombardée par les V1. J'ai ajouté qu'Eugène Février n'habitait plus Liège, qu'il avait suivi, en tant que magistrat militaire, les forces belges d'occupation en Allemagne.

J'ai quand même dit à Jim une vérité : "Jeanne vous aimait. Elle vous a attendu… Mais pourquoi n'avez-vous jamais donné de vos nouvelles ?"

Jim a raconté.

La guerre l'avait meurtri. Les derniers mois, tous ses amis mouraient au combat, les uns après les autres. Brûlés vifs. Dans sa base du Lincolnshire, en Angleterre, le capitaine Brady ne parlait plus à personne, il essayait de ne plus se faire d'amis, pour ne pas éprouver ces chagrins. Il réclamait des missions en solitaire. Ou avec un équipage chaque fois différent.

Pour finir, Jim avait été abattu près de Remagen, sur le Rhin.

" Ma jambe droite est bousillée, me dit-il encore. Sur mon lit d'hôpital, il n'y a pas eu de jour où je n'ai pensé à Jeanne… Parfois son visage m'échappait, s'estompait dans ma mémoire. C'est l'espoir de la retrouver après la guerre qui m'a maintenu en vie… " »

Denise pousse un soupir.

Au bout d'un silence, elle reprend :

« Avais-je bien fait de mentir ? J'étais déchirée.

Eugène s'était pris d'un amour immense pour Louis. Je ne pouvais lui arracher ce petit enfant, devenu sa raison de vivre.

Et c'est pourquoi j'ai privé Jim de son fils. En avais-je le droit ? Je n'arrête pas de me poser cette question. Je n'arrive pas à y répondre. »

« Ce soir-là, Jim m'a demandé, d'une voix altérée par les larmes :

"J'aimerais avoir une photo d'elle… "

Je l'ai mené au salon. Je lui ai tendu le portrait encadré qui trônait sur le piano. Ma merveilleuse amie d'adolescence. La fille de l'astronome, dont tout le monde s'éprenait.

"Je peux garder cette photo ? Quel beau cadeau !" me dit-il.

Et je songeais que c'était vraiment la moindre des choses. »

« Jim me parut si malheureux et si désemparé que je ne le voyais pas reprendre le volant, dans le noir, sur ces petites routes départementales, sinueuses et désertes. Je lui ai dit : "Jim, restez ici ce soir. Nous allons vous préparer une chambre et nous souperons ensemble." Je ne sais quelle nuit Jim a passée, mais, le lendemain, il semblait avoir surmonté son désespoir. Il s'efforçait même de sourire et de plaisanter. Je lui ai demandé ce qu'il avait décidé. "Je repars pour Barcelone, m'a-t-il répondu. Je n'irai pas à Liège. Plus jamais."

Avant de monter dans sa voiture, il est revenu vers moi.

Et il m'a serrée dans ses bras en sanglotant. Je pleurais aussi. Nous pleurions Jeanne et notre jeunesse saccagée. Et moi, je pleurais, en plus, sur le silence que j'avais gardé. Jeanne aurait-elle approuvé ? »

« Êtes-vous restée en contact avec Jim ? » demande la petite Jeanne.

« Oui. Quelques lettres. Des échanges de vœux pour Noël. Il était ingénieur aéronautique sur la côte Ouest. Il m'envoyait des photos de sa famille, de plus en plus nombreuse.

Et puis le contact s'est rompu. J'ignore si Jim est encore en vie.

Cette année, mon amie liégeoise m'a informée de la mort d'Eugène. Dès lors, j'étais la dernière dépositaire du secret. Je suis contente de l'avoir partagé avec toi ce soir, ma petite Jeanne… »

Denise de Saint-Élix a soufflé les chandelles. Elle a embrassé tendrement la jeune fille rousse.

Je me suis réveillé de grand matin. J'ai ouvert les volets. Il faisait encore sombre. Je suis sorti, j'ai marché, d'instinct, jusqu'à la route de Saramon. Je me suis engagé sur le chemin d'en face. Celui qui ne va nulle part, qui se perd dans les champs.

Et j'ai aperçu Jeanne. Elle marchait vers moi, souriante, dans la lumière glorieuse de l'aube.

Toute seule sur ce chemin, la jeune fille avait une apparence irréelle.

Allait-elle s'effacer, comme une étoile ?

« Bonjour, Ralph. Tu as bien dormi ?

— D'où viens-tu ?

— Je suis partie à l'aventure, du côté des montagnes… Je voulais aller jusqu'au bout du chemin où Jeanne et Jim se sont dit adieu.

— Tu as aperçu les neiges des Pyrénées ?

— Oui, il me semble. Très loin à l'horizon. »

38

Épilogue

Jeanne s'exclame :

« Les voilà ! »

Le groupe de vétérans américains s'engage dans l'allée centrale du cimetière d'Henri-Chapelle.

Celui-ci, je suppose, est Jim Brady. Il est très grand. Il boite.

Il est entouré de deux vieux messieurs en loden vert. Et je les reconnais. Ils ont été parmi les témoins de la guerre qui se pressaient dans la salle de rédaction de *La Dépêche*.

Âgé de quatorze ans, Gaston avait accompagné le capitaine Jim dans un tram qui descendait d'Ans vers Liège. Et c'est son ami Christian qui, en fin de compte, a retrouvé la trace de ce vétéran, aux États-Unis. C'est lui qui l'a convaincu de revenir en Belgique pour cette cérémonie anniversaire.

J'imagine la joie des deux vieux messieurs en loden vert.

Les vétérans s'arrêtent, au milieu des drapeaux. Trois jeunes soldats américains, en grand uniforme – bleu, kaki, blanc –, présentent les armes.

« Comme il est beau, le capitaine Jim ! » dit Jeanne.

Le vieil homme porte, à l'instar de ses anciens frères d'armes, un blouson bariolé, une casquette avec les insignes de son régiment. Il s'efforce de se tenir bien droit. Au garde-à-vous.

On le sent très ému.

Émue aussi, cette dame grisonnante, venue seule au cimetière américain. Je la photographie à côté de la tombe qu'elle a adoptée. Elle pose une main protectrice sur cette croix de marbre. Elle a apporté dans son sac une rose et une petite pelle. Elle a planté la fleur devant la sépulture de ce jeune homme dont nul ne sait le nom, à part Dieu.

J'observe Jeanne. Elle a les yeux fixés sur son Américain. Le cœur absorbé par lui, je le devine.

Le médaillon de saint Christophe brille à son cou. Aurait-elle l'intention de tout révéler au vieil aviateur ?

Notre voyage à travers ces temps épiques et effrayants se termine. Nous atterrissons en douceur, Jeanne et moi. Nous allons reprendre contact avec la réalité d'aujourd'hui.

Et puis, chacun suivra son chemin.

Une vibration, au fond de ma poche… Je sors mon portable. Il affiche un message de Lucile.

Elle est née ! Je l'ai vue. Brune, avec des reflets auburn. Toute en rondeurs. Des yeux de velours. Un sourire à te faire fondre… Et deux fossettes. Tu es grand-père, mon vieux ! Elle s'appelle Victoria. La jeune maman va bien. Je reste auprès d'elle, à la clinique. Viens quand tu peux, mais peux bientôt ! Lucile.

Et voilà. Mon chemin est tout trouvé. Une autre histoire commence. Une aurore se lève dans ma vie.

Comme on a soif de commencements quand on est un homme vieillissant !

Je relis les mots de ma femme.

Avec des reflets auburn… À mon avis, c'est un euphémisme. Lucile m'annonce que notre petite-fille est rousse.

« Mais Ralph, cesse de jouer avec ton portable… Ce n'est pas le moment ! »

Jeanne me lance un regard désespéré, qui dit son dilemme, son cœur battant.

Et puis, soudain, la jeune fille se décide. Elle soulève sa chevelure.

« Ralph, aide-moi à retirer ce médaillon. Vite ! Je ne veux pas que Jim l'aperçoive et qu'il me demande de qui je le tiens. Nous devons brouiller les pistes. Je suis très fière de ce nouvel arrière-grand-père qui me tombe du ciel. C'est un héros. Je l'admire. Mais Eugène, je l'aime… »

Et Jeanne enfonce le médaillon dans sa poche.

Elle a choisi Eugène.

Elle murmure :

« Attention, Ralph. Ils approchent. J'ai le trac, tu sais... »

Et, comme si elle voulait se persuader du rôle qu'elle s'apprête à jouer :

« Je vais juste regarder Jim bien en face. Je lui serrerai la main. Je suis une petite Belge anonyme qui remercie un vétéran de la Libération.

— Oui, Jeanne. Mais tes grands yeux verts risquent de lui rappeler quelqu'un…

— Son premier grand amour, Jeanne Rivière… Tout ce que j'espère, c'est que je ne me mettrai pas à pleurer devant lui… »

La jeune fille me sourit.

Elle ajoute :

« À propos, Ralph…

— Oui ?

— Merci pour le voyage ! »

Elle marche à la rencontre de l'aviateur américain.

Bois-Renard,
mai 2011

Table des matières

Achevé d'imprimer
en juillet 2011